いや、面白いな。
露見したら処刑間違いなしの
一番損な役回りを引き受けておいて、
それを恐れるでも誇るでもなく
平然としている。
見返りすら求めていない。
正真正銘、筋金入りのバカ野郎だ
フィリア・ゲーエンバッハ
下級貴族出身。
「生真面目な先帝が重用した武官」を
武器に二十四歳で少佐に昇進し、
帝室儀礼大隊の大隊長まで上り詰める。

大隊長、やっぱり
抜け駆けする気だったんじゃ……

処刑大隊は死なせない
～帝国が崩壊しても俺たちは生き残りたい～

CONTENTS

SHOKEIDAITAI HA
SHINASENAI

第一章
蟲毒の宴と食えない男

「雨か、ついてないな」

俺は黒い制帽を少し傾け、顔にかかる冷たい雨を遮る。

そういえば俺が前世を去った日も、こんな雨が降っていた気がするな。

「急ごう。今日中にグリーエン卿《きょう》の処刑を済ませないと大隊長に叱られる」

「はい、中尉殿」

生真面目《きまじめ》にうなずいたのは黒髪ボブで黒い軍服の若い女性。リーシャ・クリミネ儀礼少尉だ。

歩兵科や砲兵科の少尉ならそれなりに立派なものだが、儀礼科はちょっと違う。

我が帝国の場合、「儀礼」というのは要するに勅命《ちょくめい》による処刑だからだ。

この国の正式名称は「神に選ばれしザイン＝ワーデンであると同時にワーデン＝ザインでもある正統帝国」という。建国時になんかややこしい事情があったのが容易に想像できる名前だ。

だがみんな「帝国」としか呼ばない。他に帝国がないからだ。

この正統帝国は皇帝の権力が大変強く、貴族や聖職者でも割とあっさり処刑されてしまう。

しかし身分の高い人の処刑にはそれなりの格式と配慮を……ということで、専門の処刑部隊が設立された。理性的なんだかそうでないんだかわからない。

我らが帝室儀礼大隊は「死神《しにがみ》大隊」だの「殺し屋大隊」だの好き放題言われているが、死神や殺し屋と違って法律を遵守する公的機関だ。それだけに厄介事も多い。

そこらへんを確認しておくため、俺はクリミネ少尉に声をかける。

「今回の執行対象は少々手強《てごわ》い。よくある謀反人《むほんにん》だが、政治的には特殊な罪人だ」

「大隊長から聞きました。決闘以外では処刑できないとかいう……」

「そうだ。皇帝自身が下賜した特権だ。二十年も前にな」

「私まだ生まれてません」

また真顔でうなずいている後輩に、俺も真顔でうなずいておく。

「俺もだ」

「そうだったんですね」

「冗談だよ」

俺は苦笑する。そういえばこの子、冗談が通じないんだった。

クリミネ少尉が真顔のまま考え込んでいる。

「謀反人として処刑するのでしょう？　そんな権限、剝奪《はくだつ》してしまえばいいと思うのですが」

「いざというときに剝奪される特権じゃ意味がないだろう。他の貴族たちが皇帝を信用しなくなる。今回の謀反の嫌疑も、粛清の口実に過ぎないからな」

貴族たちは皇帝に忠誠を誓い、そして何かあれば処刑される。皇帝の約束が信用できなくなってしまえば、それはもう恐怖政治でしかない。すぐに反乱が起きるだろう。実際、不穏な動きは随所にある。

前世の歴史を思い返しながら、俺はぬかるむ山道を慎重に踏みしめる。

「簡単な話だ。決闘形式で処刑すればいい。決闘を申し込むのは我々。その場合、決闘方法を選ぶのはグリーエン卿。そして道具を用意するのは我々だ」

「帝国決闘法第三条一項ですね」

クリミネ少尉が即答したので、俺はちょっとだけ感心する。

「詳しいな」

「一応、準貴族ですから」

「悪かったな平民で」

「はい、頭《ず》が高いです」

俺は年下の後輩をじろりと睨《にら》む。

「軍隊では階級が絶対だ。上官への不敬行為は懲罰対象だぞ」

「失礼しました、中尉殿」

ぴしっと敬礼するクリミネ少尉。

なんか……からかわれてる気がするな。


今世の俺は農家の出身だ。人口の九割が農民だから当たり前といえば当たり前だが。でも、できれば転生ガチャは貴族が良かったな……。

一方、クリミネ少尉の実家は裕福な商家だ。非世襲の準貴族の地位を一族全員買っているらしい。帝室の主要な財源だが、この国いろいろと危うい。

とりあえず説明を続けよう。

「相手は『軍師』の異名を持つ古狸《ふるだぬき》だ。我が大隊は既に二度、グリーエン卿との決闘に敗れて将校を失っている。これ以上負ければ、処刑対象が増えるかもしれないな」

「うわぁ」

軍人も貴族と同じように皇帝から身分を安堵《あんど》されている身なので、皇帝の気分次第では自裁を下賜されかねない。

今回の任務に俺が志願したのは、誰かのとばっちりで殺されたくなかったからだ。

しかしそれだけではない。


「前回の決闘で死んだマイネン中尉は俺の友人だ。あの無能な飲んだくれの後始末は友人の義務だろう。死んだ後まで迷惑をかけられて最悪だよ」

するとクリミネ少尉は一瞬驚いた顔をしたが、すぐに微笑《ほほえ》む。

「それで志願なさったんですか……やっぱり優しいですね、中尉殿は」

「優しいヤツは儀礼大隊なんかで働かんよ。俺たちの階級章は飾りだし、あらゆる階層の人間から忌み嫌われている」

なんせ皇帝直属の処刑部隊だ。反皇帝派にとっては憎悪の象徴だし、親皇帝派にとっても自分に刃を向けてくるおぞましい存在だろう。

「俺たちの政治的な立場は非常に危うい。何かあれば俺たち全員、大隊営庭の柵に吊《つ》るされるだろう」

「そのときは中尉殿の隣を希望します」

「正気か？」

いい子なんだが、ときどき常軌を逸した発言があるのが困る。まあ儀礼大隊に配属される子だからな……。

女性士官は貴重なので、普通は皇妃の親衛隊などに優先的に回される。

俺は雨に濡《ぬ》れつつ、クリミネ少尉がついてこられる程度に歩みを早めた。

「少し急ぐか。いくら『洗濯屋』とはいえ、着ている服を洗う趣味はない」

「かわいいと思います、そのあだ名」

「非番の日に必ず洗濯しているのが大隊長には面白かったらしいな」

前世の感覚で暇さえあれば体と服を洗いまくっているので、こちらの世界の人には異様に思えるらしい。潔癖症の変人だと思われている。だいたい合ってる。

俺たちは仕事柄とても恨まれやすいので、偽名や通称をよく使う。通称は大隊長がつけてくれる。とても迷惑だ。

「そういえば貴官の『パン屋』の由来はなんだ？」

「母方の祖父が火刑に処されたからですね。母に累が及んでいたら私は生まれてませんでした」

「……聞いて悪かった」

大隊長のセンスえぐすぎる。

＊　＊

苦労の末に俺たちがたどり着いたのは、森の中にある貴族の別荘だった。

本来は狩猟や密談などに用いられる場所だが、今は罪人の拘置所になっている。

門前を警備するのは緑色の軍服たちだ。陸軍の歩兵科。軍服の色は違っても同じ帝国軍人だが、向こうはそうは思っていないだろう。

「止まれ！　何者だ！」

マスケット銃の銃剣がこちらに向けられたので、俺は無愛想に答える。

「帝室儀礼大隊第三中隊副隊長のフォンクト中尉だ。話は通っているな？」

「失礼しました！」

銃剣の穂先がサッと引かれ、兵士たちが直立不動で敬礼する。

でも敬意はあまり感じられない。

そりゃそうだろう。中隊といっても兵は一人もおらず、デスクワークの将校と下士官しかいない。あくまでも書類上の中隊だ。

階級章だってほぼ飾りだが、貴族を処刑する以上、将校でないと格好がつかないので付けている。因果な商売だ。

鉄格子の門が開かれ、すぐにここの指揮官らしい将校が出てくる。階級章は中尉だ。でも歩兵科だから、あっちの方が偉いな。

俺は敬礼し、持参した書類を見せる。

「こちらが皇帝陛下の命令書と、決闘の誓約書です」

「拝見しよう」

同じ中尉でも実質的な偉さが違うので、こっちは敬語だが向こうは敬語を使ってくれない。いつものことだ。

戦場で命を懸けるのは彼らなので、それでいいと思う。俺たちみたいなのが偉くなったらおしまいだ。

二枚の書類を丹念に確認した後、向こうの中尉は誓約書に閲覧のサインをした。

そして部下に命令する。

「囚人は二階だ。案内してやれ」

「はっ。どうぞこちらへ」

兵士が無表情に敬礼し、さっさと歩き出す。

俺たちはその後に続いたが、背後でぼそりとつぶやく声が聞こえた。

「さっさとくたばりやがれってんだ」

さて、あれは誰のことを言ってるんだろうな……。

貴族の別荘はそれほど豪華ではないが、かなり広かった。

貴族が狩りを催すとなれば他家の貴族も招くだろうし、そうなると随行員も滞在しなければならない。旅館としても十分やっていけるだけの部屋数がある。

いいなあ、俺もこういうの欲しいなあ。

長い廊下の突き当たりで案内役の兵士が敬礼する。

「こちらであります」

「ありがとう」

俺は笑顔を浮かべ、軽く答礼する。

それが少し意外だったのか、兵士は一瞬だけ俺の顔をじっと見た。

「どうした?」

「あっ、いえ……」

「死神も笑うんだよ」

とっておきのジョークだったが全く受けず、兵士を残して入室することにする。

本当に嫌われ者だな、俺たち……。

まあいいか。

「彼は仕事をしてくれた。俺たちも仕事をしよう」

「は、はい。そうですね」

クリミネ少尉が慌てたようにコクコクうなずく。

「顔が赤いが、どうした？」

「いえ、なんでもありません」

雨の中を歩いてきたから風邪《かぜ》をひいていないか少し心配だ。こちらの世界の人たちはあまり体を洗わないせいか、濡れるのに弱い気がする。

大隊本部に帰ったら温かい飲み物でも用意してもらおう。そう思いつつ、俺は見るからに重厚そうなドアをノックする。

すぐに返事があった。

「誰か」

「帝室儀礼大隊第三中隊副隊長のフォンクト中尉であります。お約束通り、決闘に参りました」

「よろしい、入りたまえ」

恐る恐る入室すると、広々とした部屋で老紳士がチェスのようなものを嗜《たしな》んでいた。

こちらの世界にチェスはないが、よく似たものとして「ヴァーチス」と呼ばれるものがある。和訳するなら「戦盤棋」といったところか。

白髪の老紳士はどちらかというと痩せており、屈強な方ではない。俊敏そうにも見えないな。剣や銃での決闘を指定してこないのも納得だ。

だが刻まれた皺《しわ》と猛禽《もうきん》のような目つきからは経験と貫禄《かんろく》が感じられ、手強そうな相手だという印象を受ける。

「わざわざ何度もすまんね、こんな老いぼれの後始末で若い人が散っていくのは胸が痛むよ」

たぶん嫌味だな。思いっきり挑発されてる。

グリーエン卿にとっては俺たちは命を狙う敵なんだから当たり前だが、精神的な揺さぶりをかけに来ているようでもある。

だから俺は平然と笑ってみせる。

「申し訳ございません。今日で終わりにいたしますので」

こいつは同僚の仇《あだ》だ。俺はもう二度とマイネン中尉と不味《まず》い安酒が飲めない。別に構わないが、とにかく不愉快だ。

グリーエン卿は俺を見てニコリと笑う。

「いいね、君はなかなかいい。前のなんとかという中尉よりも良さそうだ」

「恐縮です。マイネン中尉は小官の同期でしたが、この程度の簡単な任務にも失敗するようなありさまでして」

絶対に殺すからなお前。

俺はにこやかに笑いながら、持参したブリーフケースを開く。

「御指定の決闘方法は『服用毒』でしたね？」

「いかにも。甘美な猛毒を自ら口に運ぶ勇壮な勝負こそ、帝国貴族に相応《ふさわ》しい」

貴族なら剣か何かで決闘しろよ。面倒な爺《じい》さんだな。

おそらくだが、この老人は毒に詳しいのだ。だから過去二回とも執行人を毒で返り討ちにしている。

対する俺はというと、さっぱり詳しくない。すまないな、前世の知識とかなくて。

そもそもこっちの世界の毒なんてさっぱりわからん。

「三度目ともなりますと多少は趣向を凝らさねば非礼かと思いまして、今回はこのようなものを御用意いたしました」

刺繍《ししゅう》の入った布包みをほどくと、中から黒塗りの木箱が出現した。

いやまあ要するに風呂敷包みなんだが、帝国では一般的ではない使い方だ。

「ほう、面白いな」

「面白いのはこれからですよ」

俺は木箱の蓋を開ける。

「おお！」

グリーエン卿が声をあげたのも無理はない。

格子状に仕切られた箱の中には、小さなクッキーが詰まっていた。もちろんそれだけなら別に面白くもなんともないが、もちろん秘密がある。

「『灰色戦争』の騎士たちをイメージして作らせました。生地の濃淡で黒騎士と白騎士を表現しています」

帝国成立以前に、この地で黒騎士と白騎士の皆さんが壮絶な戦争をしたという故事がある。史実かどうかは知らないし、なんで戦争をしたのかも諸説ある。

だがグリーエン卿は興味深そうに箱の中を覗《のぞ》き込《こ》む。

「これは『ヴァーチス』の駒の配置に似ているな。今まさに両軍が激突せんとしている、といったところか」

「決闘の場面に相応しいでしょう？」

グリーエン卿はにんまり笑う
「なかなかの趣向だ。殺してしまうのが惜しいな」

「御心配には及びませんよ、小官は死にませんし」

死ぬのはお前だ。

グリーエン卿は余裕たっぷりの表情で俺に言う。

「この焼き菓子を用意したのは君だ。どれに毒を仕込んだかも知っている。となれば、双方が食べる菓子は私が指定することになる」

「はい、そうでなければ勝負が成立しません。グリーエン卿がお選びになったものを小官は必ず食します」

そういや前世にも激辛入りのロシアンルーレットな食べ物がいくつかあったっけ。俺は激辛大好きだから、「当たり」を食べると嬉《うれ》しかったものだ。

ああ、前世のお菓子が懐かしいな。

そんなことを考えていると、グリーエン卿はニヤリと笑った。

「いやいや、食べるだけなら君である必要はあるまい」

「どういうことです？」

するとグリーエン卿はクリミネ少尉を指さした。

「私が選んだ菓子は、君の代わりにそのお嬢さんに食べてもらう」

ちょっと待てよ⁉

突然の申し出に驚いたのは、俺よりもクリミネ少尉だった。

「私ですか⁉」

「そう、君だ。君はずいぶんと小柄だな。そちらの中尉よりも君の方が毒がよく効くだろう。おそらく私よりもね」

確かに同じ量の毒なら、体重の重い方が生存に有利だ。クリミネ少尉は身長が百五十センチほどしかなく、グリーエン卿よりも体重は軽い。

グリーエン卿は勝ち誇った顔で俺を見る。

「君なら耐えられる量でも、この少尉には耐えられまい」

「お言葉ですが、決闘をするのは小官とあなたです。クリミネ少尉は立会人に過ぎません」

「もちろん決闘は君とするのだ。だが君は必ず勝つのだろう？　ならば君の分を彼女が食べても問題あるまい」

めんどくさいな……。まあいいか。

「それもそうですね。少尉、代わりに食べてくれ」

クリミネ少尉は目をまんまるにしているが、自分が軍人であることを思い出したらしい。

「は、はい！　御命令とあれば！」

「すまないな。貴官が毒でやられたら遺言は何でも叶《かな》えてやる」

するとクリミネ少尉は少し顔を赤くして、ぴしっと敬礼した。

「そういうことでしたら喜んで」

それを見たグリーエン卿が大笑いした。

「はあっはっはっは！　さすがは死神大隊と恐れられるだけのことはある。自分の部下を捨て駒にするとはな！」

「捨て駒ではありませんよ。本日死ぬのはあなたです」

茶番をさっさと終わらせたいので、俺はグリーエン卿に銀のトングを渡す。

「焼き菓子は全部で二十四個あります。双方が最初に食べるものを指定してください」

「よかろう」

グリーエン卿はニヤリと笑うと、じっくりと菓子を吟味し始めた。

「焼き菓子ということは、加熱しても毒性を失わないものだな。それにこのように小さな菓子に仕込むのであれば、よほどの猛毒でなければなるまい。違うかね？」

得意げな顔で俺を見てくるグリーエン卿に、俺は紅茶を淹《い》れながらなるべく無表情に答える。

「お答えする義務はありません。既に決闘は始まっていますから」

「ふふん、内心の焦りが見えるようだぞ？」

にんまり笑い、グリーエン卿は菓子を見比べる。

「黒騎士側に三日月……カイザス公の紋章がある。これは第四次会戦以降の構図だな。彼は白騎士側から寝返ったからね。母親を毒殺されて……うむ、何やら意味ありげだ」

うんちくの長い爺さんだ。だが悩めば悩むほど、彼の死は近づく。ほっとこう。

だが彼は急に肩をすくめた。

「……いや、紋章は目くらましだ。私を惑わせるために、それらしくしているだけだな。となれば、私が選びそうなものをそちらのお嬢さんに食わせてやればいい」

迷うことなく彼は白騎士側の魚型クッキーを選ぶ。

「君はこれを。そして私はこっちだ」

彼が選んだのは、塔をかたどったクッキーだった。

「戦に敗れ、毒杯を仰《あお》いで死んだバッヘルム公を戴《いただ》くとしよう」

クリミネ少尉は指定された魚クッキーを手に取り、俺の方をチラチラ見る。

「これ食べても大丈夫なヤツですか？」

「さあどうだろうな……」

俺は真顔だ。クリミネ少尉はしょんぼりしつつ、クッキーをぱくりと食べた。

「私が死んだら、検屍《けんし》の立ち会いは中尉殿にお願いします」

「わかった」

俺はうなずき、グリーエン卿に言う。

「ではあなたもそれを」

「うむ」

しわがれた指でクッキーを摘み、ボリボリ食べるグリーエン卿。自信ありげだな。

この調子でどんどんいこうか。

「では次の菓子をお選びください」

「ふむ。まあ待て」

紅茶を一口飲み、グリーエン卿は腕組みする。

「さあて、どれを選んだものか。お嬢さんが苦しみ悶《もだ》える姿を早く見たいからな。では少々鋭い手を打つとしようか」

彼は黒い葉っぱのクッキーを選んだ。

「柳の葉といえばフェンチネン公の紋章だが、やけに厚ぼったい。中に何か入れるために、わざわざ分厚くしたように見える。これを君にやろう」

「わ……わかりました」

クリミネ少尉は恐る恐る、そのクッキーを摘む。

「うう……我、突貫せり……」

もしょもしょとクッキーを食べ、ゴクリと飲み下すクリミネ少尉。

それから彼女は俺を見上げる。

「中尉殿、なんか苦いのが入ってました。今度こそ死んだかもしれません」

「安心しろ。症状が出てくるまで時間がかかる」

「何が安心なんですか⁉」

俺は部下の悲鳴を適当に聞き流し、グリーエン卿をうながす。

「ではあなたも」

「私はこれにしよう」

カエルの形をした白いクッキーを選ぶグリーエン卿。

「ヒキガエルの紋章とは悪趣味だが、魔女たちが毒薬の材料にすると伝えられているな。いかにも毒のように見えるなら、私が臆すると思ったのだろうが」

「いいから食べてください」

時間の無駄なんだよ。

グリーエン卿は不満そうにクッキーを食べ、紅茶で流し込む。

「しかしどうにも不味いな。もう少し良いものを用意できなかったのかね？」

「申し訳ありません。たかだか死罪人と小官が食べるものに公金を使いたくなかったのです」

正直に本当のことを言うと、グリーエン卿はフンと鼻を鳴らした。

「私を怒らせて判断力を曇らせようとしても無駄だ。しかし面倒だな、残りは一気に選んでしまうか」

「御自由にどうぞ」

俺が快諾すると、グリーエン卿は残る二十個のクッキーから十個を選んだ。

「私が食べる分はこれだ。残りは君に」

「は、はい……」

緊張した顔でクリミネ少尉がクッキーを取り、ポリポリ前歯でかじり始める。

「中尉殿、これ毒が入ってるの何個なんですか？　共倒れになりませんか？」

「共倒れなら任務達成だな」

「うう……この鬼畜上官……」

上官への侮辱は禁固刑だぞ。


大変気まずいお茶会がしばらく続き、用意したクッキーは全部二人の胃袋に収まった。

ナプキンで口を拭いつつ、グリーエン卿が溜《た》め息《いき》をつく。

「やれやれ、心底不味い菓子だった。次はもう少しマシな道具を用意したまえ。それと次回は中尉、君に食べてもらうぞ。殺したくなってきた」

次？　俺は思わず笑う。

「次などありませんよ。処刑は執行しました」

「なに……？」

ガタンと音を立てて、グリーエン卿が椅子から立ち上がった。

ここから先はもう無駄な時間だ。既にグリーエン卿には毒が回り始めている。

「貴様ぁ、ないをりってりゅ……」

そう言いかけて、グリーエン卿はハッと口を押さえる。

「にゃにぃ……!?」

「ろれつが回らなくなってきましたね。そのうち歩けなくなります。最後は意識を失い、死に至るでしょう。確実に仕留めるために、致死量の十倍の量を飲ませましたから」

口から泡を吹きながら、グリーエン卿は椅子の背もたれにしがみつく。

血走った目でギョロギョロと周囲を見回し、そして彼の視線はクリミネ少尉に釘付《くぎづ》けになった。

「な、なじぇそいつはぶじなんでゃ⁉」

「当たり前でしょう。可愛《かわい》い部下に毒を飲ませる上官がどこにいますか。馬鹿馬鹿しい」

俺はそう言い、帰り支度を始める。

「持ってきた食器類は忘れずにな。大隊本部から一番いいのを借りてきたんだ。返さないと俺の給料から天引きになる」

「ま、まて……」

椅子をガタガタひっくり返しながら、グリーエン卿が鬼気迫る形相で俺を睨んだ。

でももう関係ない。こいつは死人だ。

「その毒に解毒剤は存在しません。短い余生になるでしょうが、なぜ負けたのか考える楽しみができましたね」

マイネン中尉、仇は取ったぞ。

俺はドアを開け、外で待っていた兵士を呼び寄せた。こいつ、中の様子を盗み聞きしていたな。末端にグリーエン家の内通者がいるという情報は本当だったようだ。

「処刑を執行した。臨終を確認するため、軍医殿を呼んでくれ」

「ははっ！」

驚いた顔で兵士が敬礼し、すぐに階段を下りていく。

死人扱いされているグリーエン卿は怒りで顔を真っ赤にしていたが、もう体に力が入らない様子だ。

中途半端に中毒で苦しむのが一番気の毒だからな。あれなら楽に逝《い》けるだろう。それくらいの慈悲はある。

俺は落ち着かない様子のクリミネ少尉に声をかけた。

「心配するな、貴官は毒を口にしていない。呆《ほう》けた顔をするな。任務中だぞ」

「はっ、はい！　中尉殿！」

ビシッと敬礼して、それから彼女は不安そうに俺に問う。

「本当に大丈夫なんでしょうか？」

「後で説明する。そこの御仁には教えてやらん」

俺はニヤリと笑うと、グリーエン卿に背を向けた。

「地獄でマイネン中尉に会ったら、酒代のツケを払えと伝えておいてください。割り勘の約束なのに俺に全額立て替えさせた悪党なんですよ」

「きさまぁっ……！」

もう動く力がないのか、床に這《は》いつくばっているグリーエン卿。

やがて軍医がバタバタと階段を駆け上がってきたので、俺はその場を彼に譲る。

「後はよろしくお願いします」

「は、はい」

緊張した面持ちで軍医がうなずき、グリーエン卿に肩を貸す。

「御最期をお看取《みと》りします。さあ、ベッドに」

「お、おれはふぉんとにしむのか……」

死ぬよ。俺が殺した。

だが終わった話だ。

「行くぞ、クリミネ少尉」

「はい」

俺たちはドアを閉じ、臨終が確認されるまで別室で待機することにした。

＊　＊

グリーエン卿の死亡が確認されたのは、その日の夕方だった。意識を失ってもなかなか心臓が止まらなかったので、遅い時間になってしまった。

歓迎されていない俺たちは、死亡診断書を受け取ると早々に帰路に就く。

「本当に私、毒は食べてないんですよね？」

帰り道でもクリミネ少尉がやたらと心配しているので、俺は苦笑する。

「当然だろう。あの焼き菓子に毒なんか入っていない」

「えっ⁉」

立ち止まるクリミネ少尉。

「ちょ、ちょっと待ってください中尉殿⁉　じゃあどうやって毒殺したんですか⁉」

「わからないか？　彼があの場で口にしたものといえば、焼き菓子と紅茶だろう？」

「ああっ⁉」

クリミネ少尉が目を丸くする。

「もしかして大隊備品の猛毒茶葉ですか？　あの一番お手軽な？」

「もう少し小さな声がいいな、少尉。尾行はなさそうだが用心に越したことはない」

「す、すみません」

声を潜めながらクリミネ少尉が俺を追いかけてくる。

「でも中尉殿、それって反則じゃないんですか？」

「俺は焼き菓子に毒が入っているとは一言も言っていないぞ。相手に毒を飲ませるのが決闘方法だから、紅茶を警戒しなかったあいつが悪い」

策士というのは策に溺れるもので、いかにも何かありそうなクッキーの詰め合わせに夢中になってしまった。

過去の二戦で俺たち儀礼大隊を侮っていたというのもあるだろう。馬鹿正直に対等の勝負をするなんて、らしくないことをしたものだ。

……いや、グリーエン卿の内通者があそこにいたのであれば、いくらでも妨害ができるな。過去二回の手痛い失敗のおかげで警戒できた。

親友の笑顔を思い出しながら、俺はふと立ち止まる。

「全盛期のグリーエン卿なら、この程度の小細工はたやすく見破っただろう。相当な切れ者だったらしいからな。だが老いと死への恐怖が判断を鈍らせた」

「あの……もし見破られていたら、どうなっていたんですか？」

「苦笑いして別の勝負を挑んださ。実はあとまだ二箱用意していたんだ。失敗しても自分はほぼ確実に生き残れる罠《わな》をな」

「そんなに!?」

驚いているクリミネ少尉を見て俺は苦笑する。

「準備にさんざん苦労したのに、最初の一箱で決着がついてしまった。三箱分の経費を申請した俺がバカみたいだ。大隊長に嫌味を言われるぞ」

残り二箱にはメチャクチャお金かかったからな。

クリミネ少尉が興味津々といった様子で俺に質問してくる。

「ちなみに、どういった方法で……？」

「木挽《こびき》や猟師しか知らないキノコがあるんだ。大変に美味だと聞いている」

前世では和名で「ホテイシメジ」と呼ばれていたキノコだ。探してみたら、こちらの世界にも似たようなものがあった。

「このキノコは無害だが、一緒に酒を飲むと信じられないくらい悪酔いになる。酒が本命なんだ。自分は一口だけ飲んでグリーエン卿には多めに飲ませれば、あいつの方が先にぶっ倒れる。後は簡単に始末できるな」

「人間のやることじゃないですよね。さすがは中尉殿」

それ褒めてないよね？

クリミネ少尉がさらに問い詰めてくる。

「それでもう一つは？」

「これ以上教えると俺の評価がもっと下がりそうだから断る」

「そんなことありませんから！　私の中では中尉殿の評価は誰よりも高いですから！」

本当かなあ？

「さて、日没までに森を抜けないとな。急ごう」

「待ってくださいよ、中尉殿！　最後の一つは何なんですか?」

「当ててみてくれ」

俺は意地悪な笑みを浮かべつつ、スタスタと歩き出した。

第二章　吊るされた女

帝室儀礼大隊本部に帰還した俺は、グリーエン卿《きょう》の処刑を完了したことを報告する。

「報告は以上です」

「よろしい」

うなずいたのはまだ三十そこそこに見える若い女性だ。

階級は少佐。帝室儀礼大隊の大隊長だ。我ら首切り役人たちの女ボスである。眼鏡《めがね》の似合う美女でもあった。なお一女の母でもある。

フィリア・ゲーエンバッハと名乗っているが、これは偽名だ。恨まれやすい職務柄、俺たちの多くは偽名で軍籍登録している。

通称は「インク屋」。儀礼大隊で唯一の佐官である彼女は、各種書類に佐官権限を付与するのが主な仕事だ。

大隊長は俺を見て、呆《あき》れたような笑みを浮かべた。

「しかしお前、本当にあの方法で毒殺したのか？」

「はい。菓子に毒が入っているなどとは一言も言っていませんから、決闘内容に虚偽はありません。あの決闘はあくまでも『相手に毒を食べさせた方の勝ち』です」

「そうは言うがな……」

大隊長は頬杖《ほおづえ》を突く。

「お前、もしグリーエン卿が『この菓子に毒が入っているのかね？』と確認してきたらどうするつもりだったのだ？」

「そのときは正直に違うと答え、次の毒入り菓子で勝負をするつもりでした」

ホテイシメジとカラバル豆に類するものがこちらの世界にもあって助かった。

三箱目に使う予定だったカラバル豆は産地が遠く、良質なものを入手するためにかなり苦労した。これは大事に取っておこう。

美貌の大隊長は、雑な仕草で頭を掻《か》く。

「やることに隙がないな。最初からお前に命じていれば良かったかもしれん」

「すみません、しばらく留守にしていまして」

「いいさ、そちらの任務を命じたのも私だ。お前のような型破りな軍人は、何かと重宝するんだ」

フフッと笑う大隊長。

「普通の将校なら、帝国屈指の大貴族との決闘で小細工などしないだろう。職業軍人としての矜持《きょうじ》があるし、仕掛けがバレたときは遺族や支持者からどんな報復を受けるかわからないからな」

まあそうだろうな。知ったことではないが。

俺は溜《た》め息《いき》をつく。

「報復は困りますね。騙《だま》したことは間違いありませんが、虚偽は伝えていませんし帝国決闘法の条文にも違反していません。決闘に使う道具をきちんと改めなかったグリーエン卿の落ち度です」

そもそも死罪人が執行人と決闘するのがおかしいんだ。決闘で処刑するならアステカ式でいいだろ。棍棒《こんぼう》で殴り合うルールだけど、罪人側には棍棒の代わりに花束を渡されるヤツ。

あれなら執行人が負けることは絶対にないから安心して殺せる。皇帝のアホめ。

「検屍《けんし》解剖したところで、胃のドロドロの内容物から毒薬が検出されるだけです。それが焼き菓子に含まれていたものか、紅茶に含まれていたものかはわからないでしょう」

ぱっさぱさの焼き菓子を十二個も食べれば喉も渇くよな。

あのとき「なんで対戦相手の小娘には飲み物がないんだ?」と気づけば、グリーエン卿は死なずに済んだかもしれない。自分は特別待遇なのが当たり前だと思う傲慢《ごうまん》さが、観察力を鈍らせたのだ。

でも一回戦で決着がつかなければ二回戦が始まるだけなので、そこはどっちでもいいだろう。

俺は腹立たしい思いで言う。

「あんなつまらん男のために飲み友達を失ったかと思うと忸怩《じくじ》たる思いです」

「マイネンは深酒で欠勤したことが五回もあったからな。待てよ、なんでお前は欠勤してないんだ？」

不思議そうな顔をして見上げてくる上官に、俺は澄ました顔で答える。

「深酒しませんので」

「ふふ、なるほどな。大変よろしい」

豊かな金髪を垂らして微笑《ほほえ》んだ大隊長は、窓の外を眺める。

「マイネン中尉は表向き、工兵隊所属ということになっていた。死因は坑道内の瘴気《しょうき》による中毒死。遺族の希望で葬儀は行わず、遺体は陸軍の共同墓地に埋葬した」

マイネン中尉には妻も子もいない。いたら決闘なんかさせてない。

実家とも疎遠だと言っていたし、遺体の引き取り手がいなかったんだろう。

大隊長は寂しそうに言う。

「マイネンは工兵ならどんな死因でもつじつまが合うと笑っていたが、そんなものを気にする遺族がいなかったのは悲しいな」

俺が前世で死んだとき、誰か悲しんでくれたんだろうか。自信がない。

だから俺は、いつも自分に言い聞かせていることを口にした。

「いえ。自分が死んだとき、悲しむ人は少ない方がいいでしょう。あいつとはよく、そんな話をしていましたよ」


——確かに誰も悲しませないってのはいいことだ。お前は頭いいな。


友人の笑顔が一瞬、脳裏をよぎって闇に消えた。

死が終わりでないことを俺は知っている。

お前はどこかに転生できたのかな。できてるといいな。

大隊長は俺を見上げて微笑む。

「お前は慈悲深い性格なのに、死についてだけはどこか突き放したような部分があるな。まるで地獄など一度見てきたと言わんばかりだ」

「不信心者ですので」

大隊長は妙に鋭いので困る。

俺は自分が異世界からの転生者だと誰にも明かしていない。

国教の聖典にも載ってない異世界など存在してはいけないし、そこから霊魂がやってくることなどあるはずがない。それがこの世界の「常識」だ。

俺は平穏な常識人でありたいと思っているので、余計なことは言わずに穏やかな生活をしている。

大隊長は微笑みつつ、新たな書類を机上に置いた。

「では次の仕事だ。北部のカヴァラフ地方で発生した農民反乱の首謀者ユオ・ネヴィルネルを捜し出し、略式裁判の後に処刑せよ」

「捜し出すんですか？」

我々は処刑部隊であり、捜索は専門外だ。

そんなことは大隊長も理解しているから、つまり何か事情があるんだろう。

余談だが、俺に回ってくるのはこんな仕事ばかりだ。

すると大隊長は楽しくて仕方がないといった様子で、こう続ける。

「首謀者を捜索中の陸軍第二師団に協力せよとの勅命《ちょくめい》でな。なんとしても捕らえて処刑せねばならん。『なんとしても』な」

「ああ、『なんとしても』ですか……」

大隊長とはもう数年の付き合いなので、言いたいことがわかってしまった。

要するに彼女は命令とは裏腹に、「そいつを逃がせ」と言っているのだ。理由はわからない。知る必要もないだろう。

誰だか知らないが、殺されずに済むのならその方がいい。俺も気楽だ。

大隊長は続けて俺に命じる。

「とはいえ、助っ人がお前だけでは格好がつくまい。引き続きクリミネ少尉を付けてやる」

「お言葉ですが、あのお嬢様で大丈夫ですか？」

すると大隊長はにっこり笑った。

「おそらく大丈夫ではないだろうが、お前が大丈夫にしてくれると信じているよ。そうだな、『来年の夏』くらいまでには頼む」

子守りまでさせるつもりか。もうやだこの大隊長。

＊　＊

大隊所有の乗用馬を歩ませつつ、馬上のクリミネ少尉がつぶやく。

「中尉殿、寒いです。とても」

「カヴァラフ地方は耕作の北限に近いからな。冬は畑も溜《た》め池《いけ》も凍りつくそうだ」

俺はそう答え、コートの前を閉じる。

「春で良かったな。だが今年の麦作が本格的に始まる前に農民反乱の首謀者を捕らえようとの勅命だ」

「無理だと思いますが」

クリミネ少尉が地図を広げて溜め息をついている。

「カヴァラフ地方全体だと村や集落は何千もありますし、私たちが向かうフマーゾフ領だけでも集落が二十以上あります。農民たちが匿《かくま》う気になればいくらでもできるでしょう」

「そう、不可能だ」

俺は泥だらけの道を歩き出しながら、クリミネ少尉に苦笑してみせる。

「だが勅命は不可能を可能にする」

「無理ですって」

「わかっている。重要なのは『命令は実行された』という事実だ」

俺の言葉に、クリミネ少尉は怪訝《けげん》そうな顔をした。

「あの、まさかですが」

「俺たちはユオの処刑執行を監督し、死亡を確認する。遺体は故郷に埋めてやったと報告する。それだけだよ」

任務の意味を察したクリミネ少尉は、今度は呆れた顔になった。

「やらずぼったくりじゃないですか」

「カヴァラフ地方全体だと村や集落は何千もあるし、匿う気になればいくらでもできるからな」

「それ私が言ったヤツです」

そう、彼女の言い分は正しい。

無理だからやったことにしておく。後から本人がひょっこり出てきても、偽者ということにしてしまえばいい。それが可能な理由もある。

「さて、楽しいおしゃべりはここまでだ。仕事の話に入ろう」

「今していたのは仕事の話ですよ」

俺はニヤリと笑い、大隊長からの極秘メモを取り出す。

「本当の仕事の方だ」

＊　＊

「これはこれはえー……帝国儀仗大隊《ていこくぎじょうだいたい》でしたかな?」

「帝室儀礼大隊ですよ、マカラン少尉」

俺は騎兵少尉の階級章を付けた若造に微笑みかける。サラサラの金髪で見た目はアイドルみたいだ。たぶん貴族将校のお坊ちゃんだろう。

こういう人物には愛想良くしておくのが処世術だ。階級は俺の方が上だが、向こうは貴族だし騎兵科だ。偉さが違う。

田舎《いなか》貴族のお坊ちゃんらしい騎兵少尉は、それでも俺に敬礼してくれた。規則だからな。

「処刑専門部隊の御協力を仰《あお》げるとは光栄であります」

「はい、処刑ならお任せください。誰の首でも落としますよ」

ニコニコ笑って答礼する。

俺の後ろではたぶんクリミネ少尉が洗われた猫みたいな顔をしているはずだが、確認する必要はないので放っておく。

喪服みたいな黒い軍服の俺とクリミネ少尉は、民家を借り上げた騎兵小隊詰所では異様に浮いている。まるで敵地だ。

椅子に腰掛けて休憩中の騎兵たちが、あまり好意的でない会話をヒソヒソしている。

「アレが有名な首斬り部隊か……」

「なあに、戦場に立ったこともない臆病者さ。あっちの少尉なんか小娘だぜ」

「胸は薄っぺらいが顔はいいな。声かけてみようかな」

「よせよせ、死臭が移るぞ」

騎兵たちは女性にモテるから、すぐこういう会話が出てくる。確かに格好いいよな。俺も騎兵は好きだ。

だがクリミネ少尉がセクハラされないように、彼らには少し釘《くぎ》を刺しておくことにした。

「先日は決闘で貴族を殺せと命じられて渋々やりましたが、今回はただの農民ですから普通に銃殺でよろしいのでしょうな」

小隊長を務める若い少尉は、一瞬驚いた顔をする。

だがすぐに吐き捨てるように答えた。

「それはあんたらの仕事だ。俺たちの知ったことじゃない」

「マカラン少尉、上官には敬語を」

「わかってますよ！」

ヤケクソ気味に敬礼する少尉。すぐに昇進して彼の方が上官になるだろうが、今この瞬間は俺が上官だ。こう言っておく。

「ではこの場で最上位の小官が、捜索の方針を決めます。もちろん、異論があれば申し出てください。小隊の指揮官は貴官ですので」

「わかりました。さっさと終わらせて帰りたい」

この騎兵少尉、二十そこそこかな。本来ならまだ士官学校に在籍している年齢のはずだが、貴族は簡単に少尉になれる。配下の騎兵たちは実家の私兵だろう。前世で言えば武家の郎党というヤツだ。

下手に敵を作らないように気をつけつつ、俺は微笑む。

「ご安心を。任務が長引きそうなら儀礼大隊に増派を要請して、貴隊の任務を引き継ぎます」

「そ、それは……助かります」

お、少し態度が軟化したか？　やっぱり若者は素直でいいなあ。俺も今世じゃまだ二十代だけど。

騎兵少尉は壁にもたれかかりながらぶつくさ言っている。

「ここの農民どもは、我々に敵意を剝《む》き出《だ》しにしてきます。あいつらは道に細い孔《あな》を開けて、馬が骨折するように細工をしていました」

プレーリードッグでもいるのかな。故意かどうかは判断を保留しておこう。

「では代わりに小官が骨折してあげましょう。馬と違い、人間の脚ならすぐ治ります」

「ご存じなのですか？」

「無論です。馬は脚を骨折すると、衰弱して死んでしまいますからな。軍馬は馬の中でもとりわけ高価ですし、命が大切なのは人も馬も同じです」

自分の体重で内臓がやられちゃうとか、なんか聞いた記憶がある。前世で。

馬への配慮を示したことで、若い騎兵少尉はさらに心を開いてきたようだった。

「助かります。ここの領主が協力してくれるそうですので、そちらにも挨拶しておかれるとよろしいかと」

「ありがとう、マカラン少尉」

にっこり笑っておく。

騎兵少尉は部下たちに命じる。

「フォンクト中尉殿を領主の城館に御案内するぞ。皆、失礼のないようにな」

「はい、若君」

やっぱりこの騎兵たち、この貴族の郎党っぽいな。

騎兵たちは俺を少し胡散臭《うさんくさ》そうに見るが、騎兵たちの階級は一般の兵卒。俺は将校だ。軍隊の規律に従い、彼らは俺に敬礼する。

「御案内いたします」

「ありがとう。諸君の鍛え抜かれた軍馬と違い、俺たちのは可愛《かわい》い乗用馬だ。お手柔らかに頼む」

「ははは！　承知いたしました！」

どうやら騎兵たちにも受け入れられたようだ。よかったよかった。

ふと振り返ると、クリミネ少尉が俺をまじまじと見つめている。

「もしかして中尉殿は詐欺師か何かで？」

「かもな」

俺は手をヒラヒラ振って歩き出した。

＊　＊

どんよりと曇った空と、ぼやけたような大地の狭間《はざま》に、領主の小さな城館があった。もちろん地方全体の領主ではない。

騎兵少尉のマカランが馬上で指さす。

「あれがこの一帯の集落を治めているフマーゾフ卿の城館です」

「どんな人物ですか？」

「態度が曖昧で、何を考えているのかさっぱりです。こっちは反乱の首謀者を捕らえようと協力しているのに、ダラダラと……」

苦り切った顔をしている若い騎兵少尉に、俺は苦笑してみせる。

「そういう御仁の相手も小官たちの仕事ですよ。戦場では役に立ちませんが、駆け引きの類いは得意です」

「お願いします」

すっかり素直な態度になったマカラン少尉は、軽く頭を下げる。育ちの良いおぼっちゃんタイプだな。善意に囲まれて育った人間の匂いがする。

フマーゾフ卿とやらもそうだといいのだが。

「若君、行きましょう」

先導の騎兵たちが城館の門をくぐろうとしたので、俺はマカラン少尉に言う。

「待つように命じてください」

「えっ？　おい、待つんだ！」

騎兵たちは小隊長の命令しか聞かないが、それだけに命じられれば即座に反応する。まるで馬自身が命令を聞いたかのように、ぴたりと停止した。どうやってやるんだ、あれ。

「どうなさいましたか、若君？」

「いや……」

マカラン少尉が俺を見ているので、俺は門を指さして騎兵たちに示した。

「この門、ずいぶん低く作られているだろう？」

「ん？　ああ、そうですな。通りにくくてしょうがねえ」

騎兵たちがうなずいたので、俺は教えてやる。

「こういう不自然な造りになっている建造物というのは、何かしら意図があるものだ。おおかた下馬させるためのものだろう」

「なんでまたそんなことを？」

騎兵たちが不思議そうにしている。こいつら察しが悪いな。

「小領主というのは、とかく軽んじられるものだ。お前たちは下馬せず通行しようとしたが、帝都の宮殿正門で同じことができるか？」

「めっそうもない」

髭面《ひげづら》のいかつい騎兵たちが首をぶんぶん振ったので、俺は苦笑する。

「領内では領主こそが最高権力者だ。君主としての敬意を示されるべきだろう。だから来訪者を強制的に下馬させるため、わざと門を低めに作っているんだ」

顔を見合わせる騎兵たち。

「ははあ……」

「この程度なら襲歩でも通り抜けてみせるぜ」

「俺もだ。帝国騎兵を舐《な》めてもらっちゃ困る」

困った連中だな……。

俺は慎重に言葉を選ぶ。

「そう、お前たちのような精強な騎兵には全くの無意味だ。だが、これより低くすると門としての威厳が失われるからな。ここは意図を汲《く》んで下馬するのが優秀な軍人というものだろう。そうですな、少尉？」

騎兵たちの直属上官であるマカラン少尉に振ると、彼は少し戸惑いつつもうなずいた。

「そ、そうです。お前たち、領主殿に敬意を示せ。総員下馬だ」

「はっ！」

命令は即座に実行され、騎兵たちは下馬して愛馬の轡《くつわ》を取った。

俺はクリミネ少尉に声をかける。

「俺たちも降りよう」

「りょ、了解です」

ぎこちない動きで馬から降りた彼女は、着地の反動で大きくよろめく。

そっと手を差し伸べて背中を支えてから、俺はクリミネ少尉にささやく。

「やはり交渉事は我々事務屋の方が適任のようだ。頑張ろうな」

「ひゃい」

声が裏返ってるぞ。意外と小心者なんだろうか。

＊　＊

領主はすぐには現れず、俺とクリミネ少尉、それにマカラン少尉は応接間で待たされることになる。

クリミネ少尉が上目遣いに俺を見ながら、紅茶を恐る恐る飲んでいる。もしかして先日の毒入り紅茶を引きずっているのだろうか。

「あの、中尉殿」

「なんだ」

「さっきの門、よくご存じでしたね」

「いや」

俺は首を横に振った。

「単なる想像だ」

「妄想では？」

この子だいぶ失礼だな。

俺は溜め息をつきつつ、紅茶を一口飲む。白湯《さゆ》以外の温かい飲み物が出されているということは、表向きは歓待ということなんだろう。茶葉はそれなりに高価なものだ。

「異国に似たような話があってな。小領主の城下を通行する他家の軍が領主に敬意を示さず、槍《やり》を掲げたまま橋を往来していたんだ。貴官ならどうする？」

「通行中に橋を爆破します」

「貴官は工兵の仕事にもう少し敬意を払うべきだな。もちろん違う」

俺はもう一度溜め息をつく。

「橋の横に松を植えたんだ。それも大きく横に枝を張ったヤツをな」

「あ、それだと槍を倒さないと通れませんね」

前世で旅行したときに「槍倒《やりこか》しの松《まつ》」の逸話を聞いたことがある。真偽はともかく感銘を受けたので覚えていたが、もしかすると役に立ったのかもしれない。

「一本の松のおかげで領主の面目は保たれたそうだ。面白いだろう？」

「はい！」

クリミネ少尉が珍しく楽しそうな顔をしているので、俺も嬉《うれ》しい。この子、俺の前じゃほとんど笑わないいんだよな。少しは打ち解けてもらえるといいんだが。

そう思ってふと横を見ると、騎兵少尉のマカランが目をキラキラさせていた。

「中尉殿は博識なのですね」

「代わりに馬術も勇猛さも貴官には遠く及びませんよ。単に専門性の違いです」

「ありがとうございます！」

なぜか敬礼された。


応接間に、毛皮の民族衣装を着た老人が入ってくる。恰幅《かっぷく》の良い男性で、全体的な印象としては野生のサンタクロースみたいな感じだ。彼が領主だろうか。

マカラン少尉が立ち上がって敬礼する。

「これはフマーゾフ様」

「どうも、マカラン少尉。都から新しく将校が来たと聞いたが」

老人に見つめられ、俺も敬礼する。小領といえどもこの地の君主だ。

本来なら膝を突いて頭《こうべ》を垂れるべき相手だが、俺たち軍人は皇帝と神以外にその礼を取ってはいけないことになっている。皇帝の軍隊だからだ。

「帝室儀礼大隊第三中隊副隊長のフォンクト中尉と申します」

「ほう、中隊副隊長かね」

儀礼大隊の場合、中尉はみんな所属中隊の副隊長なんだけどな。副隊長だらけだ。

なんとなく偉く見えるからそうなってる。前世でも割と見るヤツだが、どうやら御利益《ごりやく》はあったようだ。

さて、この人は「どっち側」だろうか。俺は反乱首謀者を逃がす側だ。

領主としては反乱を起こされて迷惑なはずだから、首謀者を処刑したい側かな。

するとフマーゾフ卿は髭を撫《な》でながら穏やかに言った。

「大隊長宛の手紙は、文字が滲《にじ》んではいなかったかな？　この辺りは冬の寒さでインクが凍ってしまってね」

おや？

俺は異変に気づいたが、当たり障りのない答えをしておく。

「いえ、小官は拝読しておりませんので」

「ふむ、そうか。しかし帝都にはさぞかし良い『インク屋』があるのだろうな。『なんとしても』凍らないインクを手に入れたいものだよ。『来年の夏』にでも行ってみようかね」

ああ……この人は「こっち側」か。大隊長から伝えられた符牒《ふちょう》を二つとも使っているし、「インク屋」は大隊長の通称だ。たぶん間違いないだろう。

それになんか言いたげな顔してるし。

「良い『インク屋』なら小官も存じております。『来年の夏』でしたら予定も空いておりますし、ぜひ」

フマーゾフ卿の顔が明るくなった。

「おお、そうかね。遠来の客人は幸をもたらしてくれるな」

老人はうなずき、それからマカラン少尉に向き直った。

「案内ご苦労様。君たちの馬も慣れない土地で疲れているだろう。私の馬医が診察したいと言っていたよ。どうかね?」

「それは助かります。小官も立ち会いましょう」

さりげなく人払いしたな。全く疑う様子もなく、嬉しそうにマカラン少尉が出ていく。

フマーゾフ卿はマカラン騎兵少尉の退出を見届けた後、俺たちに座るよう勧めてくれた。そしてこう続ける。

「まずは君の気遣いに感謝しよう。あの無法な騎兵たちを下馬させてくれたこと、私は嬉しく思うよ」

「恐縮です。当然の礼節を守ったまでのこと」

やはりフマーゾフ卿は騎兵たちに不満だったようだ。俺を見る目が優しい。

「君たちのやり取りは給仕の者から聞いたが、君は『騎馬降ろし』の門のことを知っていた訳ではないのか？」

あの背の低い門のことか。

「なにぶん浅学なもので何も存じ上げません。『槍倒しの松』から類推しただけです」

「逆に感心したよ。知らずとも察することができるのは真の智者《ちしゃ》にのみできることだ。ちなみにその松の木はどこにあるのかね？」

山口県岩国市です。いいとこだったよ。景色もお酒も最高でした。

などと答える訳にもいかないので、俺は曖昧に答えておく。

「遠い異国の逸話だと聞き及んでおります」

「そうか。人というのはどこに住んでいても、考える事は同じようなものなのだろうな」

「そうかもしれませんね」

俺は笑みを浮かべ、早くも冷めてきた紅茶を飲む。早春とはいえ、帝都近郊の真冬より寒い。

「確かに人はどこでも同じようなものです。しかし住む土地が違えば暮らし方も異なるのではありませんか？」

ちょっと話を振ってみる。

するとフマーゾフ卿は小さくうなずいた。

「さよう。カヴァラフ地方では昔から、『嫁争議』という慣習がある」

なんか面白そうな単語が出てきたぞ。

「寒さの厳しいこの土地では、領主と領民がいがみ合っていては共倒れになってしまう。だが身分の上下はある。そこで女たちが出てくる訳だ」

女性であるクリミネ少尉が興味津々で傾聴している。俺も興味ある。

「ここでは領主に請願したいとき、領民の妻たちが領主の妻に直談判《じかだんぱん》するのだ。そこで少々揉《も》めたとしても、我々男連中は知らん顔をしておく」

この帝国は男尊女卑の社会なので、身分制度は主に男性たちを縛っている。女性は結婚で身分が変わることもあるので、半分くらいは身分制度の枠外に置かれていた。

男女で別の社会が営まれているため、女性同士で対立しても男たちは「すみませんねえ、うちの嫁さんが」みたいなことを言って苦笑いをしておけばいい。

ちょっとズルいぞ、男たち。

だが流血を避ける生活の知恵ではあるな。

フマーゾフ卿は苦笑する。

「こちらとしても、丸腰の女たちに手荒なことはできんからな。話を聞いた上で丁重にお帰りいただく。それがカヴァラフ騎士の誇りだ」

そういう形で双方の暴力に抑制がかかっているのなら、それはそれでアリなのかもしれないな。転生者としては思うところはあるけど。

ただ、それだと妙なことになるな。

「ではフマーゾフ様、農民の反乱が起きたというのは……」

「おそらくいつもの『嫁争議』、つまり集団強訴に過ぎんよ。もし本当に武装反乱が起きれば領主間ですぐに話題になる」

そう言ってフマーゾフ卿は顎髭を撫でる。

「どこかの領地で起きた『嫁争議』の話が中央に伝わって、それが問題視されたのだろう。次に起きたときは反乱として厳しく取り締まるようにとの下達《かたつ》が私にも来ている」

この「中央」というのは皇帝か重臣のことだろう。

フマーゾフ卿は白髪頭を撫でて溜め息をつく。

「例えば当家の場合、直近の『嫁争議』では年貢の軽減を求められただけだ。その年は確かに不作だったので要求通りに軽減し、それでも足りぬ者には農閑期の労役で埋め合わせとした。五年ほど前かな」

まあ妥当な線だろうな。土地を捨てて逃げられても困るだろうし。

後で聞き込みでもして確認する必要があるが、フマーゾフ卿の言葉が本当なら、大隊長のあの態度も納得できる。この程度でいちいち誰かを処刑していたら、本物の反乱が起きてしまうだろう。

「それでフマーゾフ様、首謀者のユオ・ネヴィルネルは今どこにいるのですか？」

俺が尋ねると、フマーゾフ卿は困ったように答える。

「私の想像だが、そんな人間は最初からこの世のどこにもいない」

だよね。大隊長がくれたメモに書いてあった。どうやらこの人は本当のことを言う人のようだ。

フマーゾフ卿はすっかり冷めた紅茶を飲む。

「『嫁争議』で実際に動くのは女たちだが、それを頼むのは男だ。首謀者が来ないから誰なのかはわからんし、それが良いところでもある。英雄も罪人も作らないからね」

うーん、なんとなく前世の傘《からかさ》連判状《れんばんじょう》を思い出す流れだ。

クリミネ少尉がビスケットのような茶菓子を恐る恐る摘みながら質問してくる。

「では、ユオ・ネヴィルネルという名前はどこから出てきたんですか？」

「首謀者を調べよと命じられた誰かが、処罰を恐れて架空の名前をでっち上げたのだろう。カヴァラフ地方にはネヴィルネルという姓はないし、『ユオ』も女性の名だ。この土地の者ならすぐにわかるよ」

「なるほど」

いない人を捜して処刑するのは、勅命でも無理だな。わかっていたことなので、特に気にせず仕事を済ませてしまおう。

「そうなると、我が儀礼大隊はこの世にいない人物を見つけてこの世から消さねばなりません。これは困りましたね」

「そういうことになるな。私もあの騎兵たちの軍馬に困っている。飼い葉や厩舎《きゅうしゃ》の手配だけでも当家の懐事情ではいささか苦しい。おまけに恩知らずの無礼者ときた」

フマーゾフ卿は弱り切った顔をして溜め息をつく。

「既に陸軍第二師団のいくつかの中隊が展開して、いるはずのない首謀者を捜索している。彼らの前で『ユオ・ネヴィルネル』を処刑しないと終わらないだろう」

彼らにも確認と報告の義務はあるだろうし、そっちの方が後々面倒がなくていい。

「適当にその辺の誰かを処刑するという手もありますが、もちろんそれはしませんよね？」

一応確認しておく。というか、「それはするなよ？」という念押しだ。だいたいの貴族は平民の命を軽く見ている。

するとフマーゾフ卿はうなずいた。

「無論だ。農民たちのことは別にそれほど好きでもないが、さすがに無辜《むこ》の誰かを処刑するのは人の道から外れる。架空の首謀者を報告したのは私ではないから、そこまでする義

い？」

理もない」

本当だろうか？　報告した本人ではないにしても、そいつから泣きつかれたりしてな

ちょっと怪しい気はするんだけど、どうせ答えてはくれないだろうな。そこを詮索するのはやめておこう。

でもこれで、この任務が俺に振られた理由がわかった。俺が一番得意なヤツだ。

「では我が大隊で適当にうまくやりましょう」

「やってくれるかね？」

「そのためにうちの大隊長に手紙を送られたのでしょう。お任せください」

ほっと安堵《あんど》しているフマーゾフ卿に、俺はこう伝える。

「そこで少しばかり、御協力をお願いしたいのですが」

「おお、何なりと言いたまえ」

＊　　＊

それから数日後の夕方。

フマーゾフ領のある集落に陸軍第二師団の下級将校が十人ほど集まっていた。というか、

集まるように裏から手を回した。

「さっさと歩け！」

俺が連行しているのは半裸の若い女性だ。ボロボロの下着姿でいろいろ見えてしまっている上に、時代劇の罪人のように厳しく縄で縛られている。

まるでお歳暮のハムみたいな有り様で、見るも無惨な姿だった。

ただし顔には麻袋を被《かぶ》せているので、どんな顔かはわからない。

そこに騎兵少尉のマカランがやってくる。

「フォンクト中尉殿！　お手柄ですね！」

「ありがとう、少尉」

俺はにっこり微笑みつつ、軍靴で女性の素足のかかとを小突いた。

「立ち止まらずに歩きなさい」

びくんと震える女性。いい反応だな。

マカラン少尉は若干引き気味の様子で、俺を見てくる。

「あの、これが首謀者の『ユオ・ネヴィルネル』なのですか？」

「そうなんですよ、少尉」

俺は苦笑してみせる。

「この土地に『嫁争議』という風習があるのはご存じですか？」

者です」


「いえ……初めて聞きました」

「農家の奥方が領主夫人に集団で直訴するというものらしいのですが、その首謀者がこの者です」

するとマカラン少尉が気の毒そうな顔をした。

「なるほど、それで女性なのか……。しかしまさか、本当に処刑するんですか？」

「勅命ですし、帝室儀礼大隊はそれが職務ですからね」

当たり前のような顔をして答える俺。

「逮捕時にこのような姿でしたので、せめてもの情けで顔だけは隠してやりました。もう日没ですし、このまま処刑してやりましょう」

「誤認逮捕とかはありませんよね？」

不安そうなマカラン少尉。帝国貴族にしては、かなりまともな感性を持っているな。この人は大事にしよう。

俺はうなずき、背後からぞろぞろついてきている農民たちを振り返った。

「この者が『ユオ・ネヴィルネル』で間違いないか？」

すると農民たちは口々に答える。

「間違いありませんぜ、旦那」

「そいつが『嫁争議』の言い出しっぺです」

「でも殺すのは勘弁してやってくださいよ」

「そうですよ、何も殺すことは……」

俺が微笑みながら片手を挙げて制すると、彼らはぴたりと黙った。

それから俺はマカラン少尉を見る。

「この通りです。本人も認めました。そうだな？」

顔だけ隠して他が隠れていない女性は、観念したようにこくりとうなずく。

俺はわざとらしい溜め息をついた。

「私だって、許されることなら彼女を処刑したくはない。しかし私は皇帝陛下の首切り役人だ。一介の首切り役人が勅命を覆すなどあってはならない。違うかな、少尉？」

「いえ、命令には従うべきです……」

しょんぼりしつつ、マカラン少尉が引っ込む。

他の下級将校や下士官、それに護衛の兵士たちは何も言ってこないが、ヒソヒソとささやき合っているのが聞こえた。

「見ろよ、あれが殺し屋大隊のやり方だ」

「丸腰の女を殺して給料が貰《もら》えるなんて、軍人の恥さらしだぜ」

「おう、言ってやれ言ってやれ」

いや本当、俺も同感だよ。なんでこんな部隊に配属されちゃったんだか。

だが勅命は絶対。

これは軍人も貴族も変わらない。誰も皇帝の意思には逆らえないのだ。だから邪魔しようという者は一人もいない。

俺は一同に伝える。

「『ユオ・ネヴィルネル』は逮捕に際し、苦痛と恥辱のない処遇を求めた。そこは小官の権限が及ぶ範囲だ。そのため顔は晒《さら》さず、慈悲深き絞首刑とする」

どうだ、人道的だろう？

俺は一同を見回したが、予想通りドン引きしていた。それが普通の感性だ。軍の将校たちが割とまともなことに少し安心する。

「ではさっさと執行しよう。誰かやりたい者は？」

みんな無言だ。

いや、ぼそりと声がする。

「……てめえがやれよ」

その言葉を待っていました。悪いな、言わせたみたいで。

「誰もいないか。では私がやろう」

すっかり観念したように無抵抗の女性を近くの大木まで引っ張っていく。

「さすがに肌は隠してやらんとな」

夕闇が迫る中、太いロープで手早く括《くく》り、ついでに用意しておいたマントを肩に掛けてやった。

「後はロープを枝に掛けて、このように」

全体重をかけてぐいっと引っ張ると、薄暮の中で女性が宙に浮いた。つま先が地面から離れる。

「おお、もがくなあ」

宙に浮いた瞬間、女性は脚をばたつかせて苦しげにもがいた。

ちらりと周囲を見ると、将兵たちの視線は彼女に釘付《くぎづ》けだ。

この時代、罪人の処刑は娯楽としての意味合いもある。さすがに公言する者はあまりいないが、処刑見物が好きな者は多いそうだ。

激しくもがくせいで、彼女の体は振り子のように揺れる。だがロープはびくともしない。

やがてその無駄なあがきが急に弱まり、全身から力がフッと消失する。

そのうちに女性の素足が濡《ぬ》れて、ぽたぽたと透明な液体が滴り落ちてきた。夕冷えのする地面から湯気が立ち上る。

縛り首見物に慣れた人にとっては、お決まりの結末だろう。俺自身、何度もそういう場面に立ち会ってきた。

俺はなるべく平静を保ち、やれやれといった感じで声を作る。

「終わったかな。確実に息の根を止めるため、朝までここに吊《つ》るしておく。警備に参加したい将校がいれば残ってくれ」

だが将兵たちは冷たい視線を向けてくるだけだ。

「行こう。つきあってられん」

「ああ、これでようやく帝都に帰れるな」

「殺し屋大隊のクソ野郎が……」

「構うな、反吐《へど》が出そうだ」

「それより早く帰らんと野宿になるぞ」

だがその冷たい視線の中で、マカラン少尉だけが俺に近づいてきた。

「フォンクト中尉殿。任務として、小官自身で罪人の死亡を確認したいのですが」

俺はうなずいたが、彼に近づくと真剣な口調でささやいた。

「農民どもの目を見てください。死体に妙なことをすると反乱が再燃しかねません」

ぎくりとした表情でマカラン少尉は周囲を見回す。群衆は無言だが、誰も笑っていなかった。当たり前だろう。

そこですかさず俺は微笑んでみせる。

「ここは小官が嫌われ者を引き受けます。少尉は身の安全を最優先に」

「わ、わかりました。どうか御無事で」

マカラン少尉は敬礼し、農民たちの視線を気にしながら引き返していった。


将校たちは夕闇から逃げるように立ち去り、後には農民たちだけが残った。

「全員、丘の向こうに消えました。もう誰もいませんよ」

見張りの農民が報告した瞬間、俺は全力で木に駆け寄る。ゆらゆら揺れている体に声をかけた。

「おい無事か⁉　返事をしてくれ！」

返事がない。まさか……。

と思ったら、くぐもった声が聞こえてきた。

「くるふぃれふ」

「だよな！　すぐ下ろす！」

サーベルを抜きざまに渾身《こんしん》の一刀でロープを断ち切り、ふわっと落ちてきた体を受け止める。お姫様抱っこになった。

すかさず農民の女性たちが集まってくる。

「あっちの納屋に着替えとお湯を用意してますからね！」

「ありがとうね、軍人のお嬢さん！」

「ああ、こんなに可哀想《かわいそう》な姿になっちゃって……」

「こら、男どもは来るんじゃないよ！」

俺が麻袋を外すと、そこには黒髪おかっぱの可愛らしい同僚の顔があった。

ああ、クリミネ少尉だ。よかった。生きてる。

いや、死んでないのが当たり前なんだが。


首を括っているロープは、枝から吊るしたロープとはつながっていない。ただの飾りだ。マントで隠したのは肌ではなく、ロープの結び目の方だ。そのままだとバレちゃうからな。

枝から吊るしたロープは、肩や胸を縛っているロープに結ばれている。このロープは捕縛のためではなく、ハーネスとして使うために縛っていた。

これでロープが食い込む場所をいくつかに分散させているので、苦しいだろうが窒息死はしない。

ただし長時間そのままだとクラッシュ症候群の恐れがあるので、見届け役の将校たちを急いで追い払う必要があった。

そこであんな芝居を打った訳だ。

本来なら俺が死刑囚役をやるべきなのだが、この場にいないとさすがに疑われるだろう。

それに「ユオ」は女性名だ。

死刑囚役はフマーゾフ卿が役者を手配してくれることになっていた。といっても秘密を守れる人物を探すのには時間がかかる。

事情を聞いたクリミネ少尉が「やります。絶対にやります。私にやらせなくて誰にやらせるつもりですか」と乗り気だったので、恐る恐るお願いした。

でも、こんなこと二度とやらせないぞ。無事で本当によかった……。

「ケガはしていないか、クリミネ少尉⁉」

「どうでしょうね」

なんでそこで含みを持たせるの。もしかして怒ってる？

彼女は抱っこで運ばれながら、俺にこう言う。

「完璧を期すために失禁までしたので、とても恥ずかしかったです」

「ごめんな⁉　というか、そこまでやれとは言ってないだろう⁉　本当に死んだかと思ったんだぞ！」

正直俺も度肝を抜かれたし、あれでかなり怖くなった。

するとクリミネ少尉は笑顔になる。

「心配はしてくれたんですね？」

「当たり前だバカ！」

なんでそんなこと確認するんだよ。

いや、それよりも大事な部下を労わないと。大変な任務を達成してくれたんだから。

「とにかくありがとう、クリミネ少尉。今回の任務が無事に成功すれば、それはひとえに貴官のおかげだ。本当によく頑張ってくれた。俺は君を尊敬するよ」

お歳暮のハムみたいな有り様で運ばれているクリミネ少尉は、ぼそっと言う。

「いえ、これくらいでしたら……というか結構楽しかったので、またやりたいです」

なんで？　さっきから「なんで」が多い。俺、もしかして混乱してる？

だがそれでも、俺は上官として重々しく首を横に振る。

「ダメだ。貴官のあんな姿を他人に見せたくない」

「うふふ」

申し出を却下されたというのに、少尉はなぜかとても嬉しそうだった。

いや本当になんで？

＊　　＊

どこにもいない「ユオ・ネヴィルネル」を処刑し、無事に任務を完了した翌朝。

集落の民家でジビエ満載の豪華な朝食を振る舞われていると、マカラン騎兵少尉がやってきた。

「おはようございます、フォンクト中尉殿」

彼は部下を伴っておらず、一人だ。小隊長の単独行動は考えにくいから、たぶん集落の外に待たせているのだろう。

クリミネ少尉が気を利かせて、スッと席を外す。俺は軽くうなずき、その気配りに感謝を示した。

それからマカラン少尉に微笑みかける。

「何か御用ですか、マカラン少尉」

「昨日のことで、少し悩みがあるのです。お時間があれば聞いてもらえますか?」

「もちろんですよ。ここでは話しづらいでしょうから、雑木林でも散策しましょう」

俺とマカランは肩を並べて、集落の里山を歩き始める。

「それで、どのようなお悩みですか?」

「それなんですが……。ところで縛り首になったあの女性はどうなりましたか?」

「検屍報告書を作成し、遺体は埋葬しました」

「そうですか」

マカラン少尉は黙る。

数歩歩いてから、彼はこう言った。

「これで良かったのでしょうか？」

「良いも悪いもありません。勅命ですから」

俺は静かに答える。もちろん嘘《うそ》だが、真実を漏らすのは危険すぎた。

だがマカラン少尉はまだ納得がいかない様子だ。

「この一件で、カヴァラフ地方の領主や領民は帝室への反感を強めたでしょう。帝国全体の利益を考えた場合、良くなかった気がします」

俺も全く同感だが、わざと冷淡に応じる。

「我々は軍人。皇帝陛下に忠誠を誓い、その命令を忠実に実行するのが職務です。個人の判断は求められた場合にのみ口にすべきですよ」

俺は忠誠なんか全然誓っていないし、勝手なことをするが、建前くらいは守る。給料分の義理だ。

するとマカラン少尉は俺を見て、つらそうな顔をした。

「小官は貴族ですので、平民のことは率直に言って嫌いです。連中は怠け者で、秩序を守らず、身勝手で、ずる賢い」

平民も貴族のことを同じように思っているよ。

だがそれは黙っておく。

「ですが、領主に直訴しただけの若い女性を処刑するのは、どう考えてもやり過ぎだと思うのです。彼女は殺しも盗みもしていないのでしょう？」

「そうですね。処刑の理由は帝室への反逆だけですから」

うちの大隊が扱う案件、だいたいこれなんだよな。

俺が動じないので、マカラン少尉は俺を睨《にら》みつけた。

「中尉殿も同じ平民出身なのに何も思わないのですか？」

平民の感覚では「同じ」ではないのだが、貴族から見ればどこの地方の農民も等しく「同じ平民」なんだろうな。お坊ちゃんにはわからないだろう。

俺はマカラン少尉の真剣な表情を見て、少しだけ危ない橋を渡ってみることにした。

「では平民として君に聞こう。マカラン少尉、君は貴族として何に忠誠を誓っている？」

「えっ？　も、もちろん皇帝陛下に……」

「嘘だな。勅命に疑念を差し挟むのは、君の心の中で違う何かが輝いているからだ。それは何だ？」

俺はマカランに向き直り、スッと近づいた。反射的に退くマカラン。

俺はさらに近づき、彼を大木の幹まで追い詰めた。

「答えたまえ、マカラン。君が本当に忠誠を誓っているものは何だ？　俺から真実を引き出したければ、君も真実を差し出せ」

マカランは目を白黒させていたが、悩み抜いた末にとうとう答えた。

「お、俺は……。俺は、騎士の高潔な精神に忠誠を誓っている！　丸腰の女を殺す剣など持っていない！」

「よく言った」

俺はマカランの肩をポンと叩《たた》き、それからついでに金髪をわしわし撫でてやった。

「それなら君の高潔な騎士の魂に誓え。今から聞く話は、誰にも口外しないと」

「どういうことだ？　中尉殿、あなたはいったい……」

「誓うのか、誓わないのか」

マカランは少年のような表情で悩んでいたが、それでもやはり答える。

「誓う。誓います。我が剣に懸けて、秘密は漏らしません」

「ありがとう、マカラン。では教えよう」

俺は周囲に誰もいないことを確かめてから、彼の耳元でささやく。

「『ユオ・ネヴィルネル』という人物は最初から存在しない。もちろん誰も処刑していない。昨日のあれは偽装だ」

「ええっ⁉」

声がでけえ。

俺はマカランの唇に人差し指を近づけ、とりあえず黙らせる。

「あの女性は忠実な協力者だ。あのとき、首ではなく肩と腰の縄を吊って絞首刑に見せかけた。もちろん生きているが、あんな姿を晒してしまったから身元は明かせない」

ごめんな、クリミネ少尉。この部分の秘密は絶対明かさないぞ。

マカラン少尉は顔面蒼白《そうはく》になっている。

そりゃそうだろう。勅命を反故《ほご》にして処刑を偽装したのだ。バレれば自分が処刑される。

「あ、あんた……嘘だろ!? なんでそんな……」

「最初からいない人間を処刑することなど不可能だ。だがそれでは勅命は永遠に果たされない。このままだと必ず誰かが処罰される。だから俺が帳尻を合わせた」

俺はそう答え、マカランを解放してやる。

「さて、この事実を君はどうする？ 騎兵中隊長あたりに報告するか？」

「ちょっと待ってくれ、頭が追いつかない。ええと、報告したらどうなる……？」

額に汗を浮かべているマカランに俺は教えてやる。

「俺とフマーゾフ卿は間違いなく処刑されるだろうな。一門も連座で処刑されるかもしれん。ああそうだ、うちの大隊長も危ないだろう。それともちろん、あの場にいた将校たちも取り調べを受けることになる。口裏を合わせた疑惑があるからな」

「ありえる話だな……」

マカランはうなずいたが、ふと疑問を口にした。

「じゃあなんで、あんたはそんな重大な秘密を俺に漏らした？　何の得にもならないだろう？」

「なんだ、そんなことか」

俺は苦笑してみせる。

「君が皇帝ではなく、君自身の正義に忠誠を誓っていたからだよ。軍人としては失格だな。つまり」

「つまり？」

「俺と同じだ」

マカランはあっけにとられた表情をして、俺をぼんやり見つめている。なかなか面白いヤツだ。

俺は彼に背を向けると、手をひらひら振ってみせた。

「君のことが気に入ったよ。またどこかで会えるといいな、マカラン」

＊　＊

そして俺は今、クリミネ少尉からネチネチ責められている。

「信じられません。機密を部外者に漏らすなんて」

「すまん」

「これで何かあったらどうする気ですか」

「すまん」

とりあえず謝った俺だが、もちろん何の考えもなしにあんなことはしない。

「心配するな、少尉。彼が俺を告発したところで、証拠は何も出てこない。『ユオ・ネヴィルネル』の墓はちゃんと存在するし、その下には遺体が埋められている」

身元不明の行き倒れの遺体だろうけどな。

病気や殺人が多い時代なので、行商や巡礼の途中で死体になる人は多い。現代と違い、死体は身近な存在だ。

フマーゾフ領全体でなら、そう待たずに手頃な死体が見つかるだろう。

大事なのは処刑が執行され、それを大勢の将校が見届けたという「事実」だ。

「この集落の住民は、フマーゾフ家の元使用人とその子孫で構成されている。年貢を免除されている特別待遇の集落だから、フマーゾフ家のために秘密は全力で守る」

他と違い、ここは領主側の集落だ。農民たちが「嫁争議」で無茶な要求をしてきたときは、正反対の要求の「嫁争議」で潰しにかかるらしい。おっかない。

「処刑の立ち会いを務めた第二師団の将校たちも、自分の立場を悪くするようなことは言わないだろう。必ず『偽装には見えませんでした』と答える」

「それで証拠が出なければ、告発は空振りってことですか。怖いですね、中尉殿は」

怖いだろう？

俺は心の中でフフッと悪者っぽく笑ってみせたが、クリミネ少尉がこんなことを言った。

「ところで中尉殿って、金髪なら男でもＯＫな感じですか？」

はい？

「どういう……意味かな？　クリミネ少尉」

「だってさっき、あの騎兵少尉の頭を撫で撫でしてたでしょう？　金髪、お好きなんですよね？」

なんでそうなる。男の友情だぞ。

「いや違……」

「大隊長殿も金髪ですし、なるほどそういうことでしたか」

勝手に納得しているクリミネ少尉に、俺は慌てて弁明する。

「変な解釈はよせ。俺は髪の色で人を選り好みしない」

強いて言えば、アニメキャラだと青や緑の子が好きだ。

でもよくよく考えてみると、あれって黒髪にすると画面が重くなるからあの色にしてるんだろうな。

ということは、俺は黒髪が好きなんだろうか？

そう思った瞬間、それが口に出た。

「だがもし選ぶことが許されるのなら、俺は黒髪の女性が好きなのかもしれないな」

「えっ⁉」

立ち止まるクリミネ少尉。なんか小刻みに震えてるぞ。脱水中の洗濯機か。

「ちゅっ、中尉殿……それはまさか⁉」

「違う、誤解だ。そんな目で俺を見るな」

こんなやり取りをしていたせいで、帰路に就くのがだいぶ遅くなった。

第三章
甦った亡霊

帝都に戻った俺は、帝室儀礼大隊本部で報告を済ませる。

「報告御苦労。良い休暇になったのではないか？」

大隊長がクスクス笑いながら言うので、俺は直立不動で仏頂面をしてみせる。

「寒い上に第二師団の将校たちに睨《にら》まれて散々でした」

「可愛《かわい》らしい騎兵少尉の坊やと仲良くなったそうじゃないか」

なんで知ってる。それに可愛くないぞ。

「後で調べましたが、マカラン家は帝国南部にそれなりの勢力を持つ中堅貴族です。人脈は作っておきませんと」

「そうだな。それは認めよう。我々は薄氷の上に立っている。寄《よ》る辺《べ》は多い方がいい」

豊かな金髪を誇る大隊長はそう言い、それから意地悪な笑みを浮かべて俺を見上げてきた。

「で、クリミネ少尉との仲は進展したのか？」

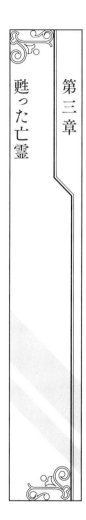

何言ってるんだこの大隊長。

「相変わらず、何を考えているのかよくわからんお嬢さんです。ただ任務への精勤ぶりは賞賛に値します」

「ほう」

「なんせ反乱首謀者の影武者として、実際に絞首刑になってくれましたから」

ぽかんと口を半開きにしている大隊長。

「え……？　お前、何をしたんだ？」

「この世にいない人間を処刑する必要がありましたので、クリミネ少尉を吊《つ》りました。本人の希望です」

大隊長は俺の顔をまじまじと見つめた後、念を押すように聞いてくる。

「もちろん、死なないように吊ったから彼女は生きているのだよな？」

「当然でしょう。大事な部下を死なせることなどありえません」

殺していい人間とそうでない人間との区別はついている。区別がつかなくなったら処刑執行人として働けない。

事の経緯はあまり記録として残したくないので、俺は口頭で事情を説明する。

「とまあ、そんな次第です。他に方法がありませんでした」

「なるほど、そういうことならいいだろう」

大隊長は腕組みをして椅子にもたれかかると、呆《あき》れたような顔をした。

「しかし、お前みたいなメチャクチャなヤツは初めてだよ。勅命《ちょくめい》が怖くないのか？」

「怖くなかったら『ユオ・ネヴィルネルなんて人間は最初からいませんでした』と報告して終わりですよ」

怖いからやってんだよ。わかってよ。

俺は困り果てたが、大隊長は急にプッと吹き出した。

「いや、面白いな。露見したら処刑間違いなしの一番損な役回りを引き受けておいて、それを恐れるでも誇るでもなく平然としている。見返りすら求めていない。正真正銘、筋金入りのバカ野郎だ」

そうかな？

すると大隊長は急にこんなことを言い出す。

「お前、今後も私の部下でいろよ。転属願なんか許さんからな」

「出すと思いますか？　俺が士官になれたのは、大隊長のおかげなんですよ」

照れくさそうな顔で笑う大隊長。

「見所のある事務方の下士官を一人、士官学校に推薦しただけだよ。後はお前の努力だ。恩に感じる必要はない」

「あ、じゃあ陸軍主計局あたりに転属願を……」

「それは許さん。私の下から絶対に動くな。上の連中に睨まれて死ぬぞ」

じろりと睨まれた。怖い。

それから彼女は不意に表情を変える。

「さて、フォンクト中尉。カヴァラフ地方の視察はどうだった？」

やっと本題か。俺は改めて背筋を伸ばす。

「最も遅く正統帝国に編入されたせいか、やはり独自の気質《きしつ》と文化を持っているように見受けられました。あそこを統治するのは並大抵の手腕では無理でしょう」

「お前もそう思ったか。だが『雲の上』の連中はそう考えていない」

大隊長は白い指先を額にやると、軽く溜め息《ためいき》をつく。

「あの阿呆《あほう》どもは死をちらつかせて恐怖の大王を気取っているが、単に反感を買っているだけだ。今に反乱が起きるぞ」

「大隊長殿、不敬です」

「知らん。不満があれば直属上官に告発しろ」

あんたじゃん。

美貌の大隊長は頬杖《ほおづえ》をついた。

「下々の小さな不満は、小さいうちに発散させておくべきなのだ。そして上の者はそれを酌み取り、大事に至る前に問題を解決する。それで何が悪い？」

「何も悪くありません。あいつらは阿呆です」

「おい不敬だぞ」

あんたも言ったじゃん。

蜜の河のような金髪を机上にこぼしながら、大隊長は言う。

「情勢がかなり怪《あや》しくなってきた。最悪の場合、身内だけでも守りたい。そのため、お前には今後こういった任務を優先的に割り振るつもりだ。頼める者があまりいない」

「了解しました。通常の処刑は気が重くなりますから、その方がありがたいです」

処刑した後で「あの人は本当に死ぬべきだったんだろうか」などと悩むような任務は、たぶん俺には向いていない。わかりやすいのだけ振ってもらえると気持ちが楽だ。

「それで、今は何かやるべき仕事はありますか？」

「特にないな。禁薬の密輸をしていた連中が一網打尽にされて、片っ端から処刑されている。今日の午後にも公開処刑があるぞ。手伝うか？」

「そういう任務は第二中隊でいいでしょう」

帝室儀礼大隊は三個中隊で構成され、基幹となる第一中隊は情報収集や文書管理、他部署との折衝などの裏方仕事を担当している。大隊長がどこかから引き抜いてきた官僚たちで、処刑場に姿を見せることはない。

第二中隊は処刑部隊らしい処刑を担当する。広場での銃殺刑などだ。命令に疑念《ぎねん》を抱かない模範的な軍人はこちらに配属されるそうで、みんな生真面目《きまじめ》だ。

ただし処刑や検屍《けんし》が大好きという人も少しいる。

そして第三中隊は政治的にめんどくさい案件など、あまり表に出せないタイプの処刑を担当している。殺したことにして逃がすのは第三中隊だけの仕事だ。

変な任務が多いせいか、第三中隊は変人の巣窟みたいになっている。俺は数少ない常識人だ。

「お前は第三中隊でも屈指の変わり者だよ。中隊長も面白がっている」

嘘《うそ》でしょ？　俺ってクリミネ少尉や死んだマイネン中尉より変なヤツなの？

ちなみにうちの中隊長も若い女性だが、俺より中隊長の方が変人だ。絶対にそうだ。

「なんだ、不満そうだな？」

「小官ほどの常識人は見たことがありませんので」

「あはは、そういうところだぞ」

メチャクチャ楽しそうに笑った後、大隊長は俺に流し目を送る。

「ところで私は今、常識人の再婚相手を探しているのだが……」

「すみません、変人でした」

大隊長の一人娘は、母親の再婚には断固反対の立場だ。よく会うから知ってる。

だから冗談のわかる俺はきちんと「正解」を言ったつもりだが、大隊長は大きな溜め息

をついた。

「ああそうだな、変人だ。ド変人だとも」

なんかちょっと怒ってる？

大隊長は気難《きむずか》しい顔をすると、俺を片手で追い払った。

「この後、クリミネ少尉からの報告も聞く。お前は第三中隊に戻って中隊長に報告してこい」

「はっ」

敬礼しつつ、俺は内心で首を傾《かし》げていた。

＊　＊

帝室儀礼大隊の大隊長フィリア・ゲーエンバッハ少佐は、第三中隊所属のリーシャ・クリミネ少尉からの報告を受けていた。

「そこで小官は中尉殿のため、軍服を脱いで肌着を汚しました。無論、逃亡中の農民を装うためです。さらに縄で強めに縛っていただきました。これが大変良くて」

「私は何を聞かされているんだ」

フィリアは溜め息をつき、前髪を掻《か》き上《あ》げる。

「リーシャ。よく聞きなさい。私はお前の変態趣味の詳細が知りたい訳ではない。カヴァラフ地方での任務について、報告を求めているんだ」

リーシャは不思議そうな顔をして首を傾げる。

「その報告ですが。どうせフォンクト中尉殿のことですから、この辺りは省略したのでしょう？」

「お前と違って彼には良識があるからな」

机に肘を突くと、フィリアはペンを置いた。

「それにしても偽装とはいえ首を吊るとは、お前もずいぶんやるようになったじゃないか」

「グリーエン卿《きょう》との決闘のときに、だいぶ見苦しい姿を晒《さら》してしまったので……」

リーシャは深々と溜め息をつく。

「フォンクト中尉殿に呆れられてないか心配だったので、今回は気合を入れてみました」

「気合を入れてくれたところ悪いんだけどな、あいつそういうの全く気にしてないぞ」

「気にしてくださいよ！　なんなら本当に死ぬ覚悟してたんですよ！」

机をバンバン叩《たた》く小娘を眺めながら、フィリアは苦笑する。

「だがまあ少なくとも、フォンクト中尉はお前を見直しただろう。もう足手まとい扱いはされないはずだ。お前の覚悟は無駄じゃないさ」

い主義だ。
「ですよね？」
期待の眼差《まなざ》しを向けられて、フィリアはスッと視線をそらした。必要のない嘘はつかな
「さてと、お前たちの報告内容に食い違いはなかったから安心して良さそうだ。いつもの
ことだが、お前たちの報告は信頼できるな。やってることはメチャクチャだが」
「そのメチャクチャを期待されてるんだと思ってましたけど」
「そうだよ。こういうことは第三中隊の中でも一部の者にしかできない。マイネン中尉を
失ったのは痛恨だった」
フィリアは失った部下の笑顔を思い浮かべながら、心の中で冥福を祈る。
「お前は当面、フォンクト中尉の補佐を務めろ。お前単独では何をするにも危なすぎるし、
フォンクト中尉が本領を発揮するには良き理解者が必要だ」
「はい、大隊長殿」
ぴしっと敬礼したリーシャは、そのまま真顔で言う。
「ではフォンクト中尉殿の補佐役として申し上げますが、あの方は独身のままの方が任務
に適していると思われます」
「おいお前、また大隊長室前で盗み聞きしていたな」
溜め息をつくフィリア。

「心配するな。『私がフォンクトさんと結婚するんだから、ママは絶対に結婚しちゃダメ』と厳命されている」

「ああ、お嬢さんが……」

リーシャが苦笑する。

「でも抜け駆けする気まんまんでしょう？」

「誰がするか。だいたいお前ら、あんな男のどこがいいんだ」

「仕事ができて頼りになって、温厚で真面目で顔が良くて、女子供に優しくて清潔感があって、それでいてどことなく放《ほう》っておけないところです」

「どいつもこいつも」

不機嫌そうにそっぽを向くフィリア。

「私個人としては、あいつにはお前が一番合っていると思っている」

「大隊長殿、愛してます。結婚しましょう」

「私としてどうするんだ。あいつとしろ」

フィリアは机に突っ伏して、流れるような金髪をそこらじゅうに広げる。

「あーあ、私もお前くらいのときにああいう出会いがあればなー」

「嘆いても仕方ありませんよ。後のことは若い者に任せてください」

「私を年寄り扱いするな。こんなもん世間じゃまだ小娘の範疇《はんちゅう》だぞ」

リーシャが無言なので、フィリアはますます不機嫌になる。

「お前ムカつくな。お前も転属なんかするなよ。まともな部隊だと間違いなく虐待される」

「なんとなくそれは理解してます。なんででしょうね」

「言わなくていいことを言うし、言うべきことを言わないからだ。まあいい、お前に極秘任務を与えておく」

体を起こしたフィリアは真顔になった。

「今後はフォンクト中尉の身辺警護をしろ。私生活でもだ。必要なら恋人にでも妻にでもなれ」

「はっ」

即座に敬礼するリーシャに、フィリアは苦笑する。

「前回と今回の任務だけでも、彼はかなりの危険を冒している。今後はさらに危険を冒すことになるだろう。この大隊にもおそらく外部との内通者がいる。任務の内容が漏れれば、彼が暗殺や失脚工作を仕掛けられる可能性がある」

リーシャは納得した表情を浮かべる。

「それで私生活でも、ということですか」

「そうだ。あいつの全てに目を配れ。あいつが娼館《しょうかん》に行くとも思えんが、もしそうなり

そうならお前が『何とか』しろ」

「はっ」

やはり即座に敬礼するリーシャ。表情がニヤついていた。

「大隊長殿は話せますね」

「部下を守らん上官に何の価値があるんだ」

そう言ってから、フィリアはふと微笑《ほほえ》む。

「もちろんお前はフォンクト中尉に守ってもらうといい。いや、既に守られているだろうな。あいつは女性士官のエスコートが得意だ」

「それは感じています。中尉殿と組むようになってから、他の将校から変なことをされなくなりました」

「だろ？　あいつを近衛《このえ》連隊《れんたい》本部に同行させると、私の尻や肩を撫《な》で回《まわ》すクソどもが寄りつかないんだ」

男尊女卑の風潮が根強い正統帝国において、女性士官は常に危険に晒されている。それは友軍しかいない後方部署でも変わらなかった。

「まったく、この正統帝国にはまともな男が少なすぎる。まるで近衛連隊本部の士官食堂みたいだ。数は多いのに選ぶ余地がない」

自身の暗い過去を吐息に乗せて吹き飛ばすと、フィリアは苦笑してみせた。

「そういう点では、死んだマイネンもなかなかの男ぶりだった。酒にしか興味がないせいで、上戸《じょうご》の私は不快な扱いを受けたことがなかったからな」

「そういえばそうですね。マイネン中尉殿の価値基準は『飲めるか飲めないか』でしたから。それはそれで人としてどうかと思いますけど」

一緒に苦笑いするリーシャ。彼女も上戸の部類だが、かなりの絡み酒なので第三中隊では恐れられている。

「何にせよ、女性将校に敬意を払える男性将校はそれだけで貴重だ。しっかり守り、そして守ってもらえ」

「はい、大隊長殿」

階級が絶対の軍隊ですら、女性の立場は低い。二人とも外では決して単独行動はしない。兵卒に襲われる可能性があるからだ。

「ところでお前にこんな命令をしたことを知ったら、私は娘に叱られるかな？」

「たぶん」

そのとたん、フィリアはまた机に突っ伏した。

「だってしょうがないだろう、ママはお仕事なんだからさあ……。お前の大事な『フォンクトさん』を守るためなんだから、わかってよぅ……」

「大丈夫ですよ、大隊長殿は何も間違ってませんよ」

リーシャはフィリアの金髪を優しく撫でた。

＊　＊

帝都の近衛連隊本部の近くにある、帝室儀礼大隊本部……の第三中隊長室で、俺は中隊長に敬礼していた。

「ただいま戻りました、中隊長殿」

「おかえりなさい、フォンクト中尉」

にこっと笑ってくれたのは、物腰の穏やかな長髪の女性だ。クリミネ少尉と同じ黒髪だが、こちらは姫カットにしている。見るからにデスクワーカーといった印象だ。

彼女はミナカ・ユギという。階級は大尉だ。あだ名は「玩具屋」。

名前がどことなく和風なので非常に気になっているが、そもそも俺たちみんな偽名なのでどこの出身なのかはわからない。聞くのも御法度だ。

ただこの人、明らかにこの国のものではない武技を使う。暗器の使い手なのだ。

ユギ大尉は俺を見て、ふと首を傾げる。

「あら、私の『玩具』に興味がありそうですね」

「興味というか、これだけおおっぴらに置かれていると気にもなります」

中隊長の机上に置かれているのは、色鮮やかな組紐《くみひも》だ。両端に陶器の丸い飾りがついていて、一見すると武器には見えない。

「これ投げるヤツですか、それとも振り回すヤツですか」

するとユギ大尉はニコッと笑った。

「フォンクト中尉はさすがですね。どちらにも使えますよ」

やっぱりな。

前世で聞いたボーラと呼ばれる狩猟道具に似ているし、一方で分銅《ふんどう》鎖《くさり》やヌンチャクみたいな使い方もできそうだ。

ユギ大尉は御機嫌な表情で俺を見上げてくる。

「どうしてすぐに見抜いてしまうんでしょうね、あなたは？」

「中隊長殿の私物ならだいたい武器でしょう。後はどうやったら一番効果があるかを考えるだけです」

転生者であることは伏せているので、適当にごまかしておく。

「組紐は強度こそ鎖には劣るでしょうが、金属音はしませんし武器にも見えませんよね。いざとなったら燃やしてしまえば、後に残るのは陶器の球だけです」

「驚きました。まさか使ったことが？」

「ないです」

前世のいろんな創作物で、変な武器の知識だけはある。ただし使ったことも触ったこともない。

このユギ大尉は暗器を使った奇襲を得意としており、儀礼大隊でも屈指の武闘派だ。

ただし彼女が中隊長を任されているのは武勇ではなく、指揮官として有能だからだ。

あと、あちこちに妙な人脈を持っている。先日の任務に必要なホテイシメジを見つけてきてくれたのもユギ大尉だった。

「可愛いでしょう？」

ユギ大尉は組紐を回して重たげな陶器の球をヒュンヒュン唸《うな》らせつつ、ニコリと微笑む。

「ええ、とても」

「見た目より威力があって、場合によってはサーベル以上に頼りになる子なんですよ」

「へえー」

礼儀として相槌《あいづち》を打ったが、俺は知っている。

この人が実戦でよく使う暗器は、銅貨を詰めた布袋や革のベルトだ。その辺にあるものを即席の武器として用いる。そして大の男を一撃で昏倒《こんとう》させてしまう。

ちなみに素手でもかなり強く、手を握られたらもう終わりだと思っていい。関節を極められて引き倒されるのがオチだ。もちろんその後、軍靴で喉を踏み潰されるだろう。

そういうタイプのとても怖い人なので、笑顔を向けられても緊張してしまう。

ただこの人は、帝国の外の世界を知っていそうなので気になっている。

この世界には前世の日本に相当する地域はあるのだろうか。あるなら行ってみたい。可能なら白米と味噌汁《みそしる》が食いたいのだ。

「中隊長殿のその技、いったいどこで学ばれたんですか？」

「んふふ、教えてあげられなくてごめんなさいね」

徹底した秘密主義。やっぱり忍者か何かなんだろうか。非常に気になる。

俺の知る範囲では、ユギ大尉以外に「和」の雰囲気を持つ人物はいない。もしかすると転生者なのかもしれないし、とにかく気になる人物だ。

そういう理由もあって、俺はこの儀礼大隊から離れることができずにいる。

ちなみに「白米」と「味噌汁」に相当する単語って何なんだろうな。帝国語には「炊いた米」や「豆を発酵させたペースト状の調味料」を表現する単語がない。

まさか日本語で言っても通じないだろうし、下手な探りを入れて怪しまれても困る。

「フォンクト中尉、どうかしましたか？」

「いえ、クリミネ少尉にもこういう特技があれば、安心して連れ出せるのになと思っていたところです」

外回りの仕事をさせるには、戦闘技術も体格も足りないんだよな。

「それは仕方ないでしょう。あの子は準貴族ですし、帝室儀礼大隊は戦闘部隊ではありませんよ」

じゃあ目の前にいるこの戦闘マシーンは何なんでしょうね。いやまあ、この人の技術は正規戦には必要ないものだけど。

ユギ大尉は机上のペンを指先でヒュヒュンと回しつつ、ふとつぶやく。

「私と組めば、フォンクト中尉の苦労も軽減されるのでしょうか？」

「大変心強いのは確かですね。ただその場合、中隊長殿の職務が滞ってしまいますが」

俺は外勤の変な仕事が多くて、彼女は内勤の変な仕事が多い。担当が違うので、一緒には動けないのだ。

ただ第三中隊には男性の少尉や下士官たちがいるので、クリミネ少尉よりも彼らと組んだ方がやりやすい気はしている。

ちょっと相談してみるか。

「クリミネ少尉を中隊長殿の副官にしたらどうです？」

「うーん、実は私もそれを希望したんですよ。でも、大隊長に絶対ダメだと言われてしまいました」

なんでだろ？

するとユギ大尉は少し言いにくそうな顔をした。

「それとですね、いろんな人から『フォンクト中尉とはなるべく組みたくない』と言われてまして……」

「なんで⁉」

思わず声が出ちゃったよ。

えーでも、俺そんなに嫌われてるの⁉　ちゃんと同僚としての付き合いしてるだろ？

そりゃ変な酒場とか娼館とかには行かないし、賭《か》け事《ごと》もしないけど……。

ユギ大尉はクスクス笑う。

「どうもリーシャちゃんが、他の人たちにこっそりお願いしたみたいですよ。心配しないでくださいね」

「クリミネ少尉が？　ああ、そういうことなら少し安心しました」

なんだ、びっくりさせやがって。

……ちょっと待て。どういうことだ？

内心で首を傾げていると、ユギ大尉が意味ありげな表情で微笑む。

「大隊屈指の色男ですね。いったい何人たらしこんでるんですか？」

「誤解です、中隊長殿」

帝室儀礼大隊は女性士官の比率がやけに高いが、全部合わせても十人かそこらだ。おまけに仕事以外での接点が皆無ときた。濡《ぬ》れ衣《ぎぬ》にも程がある。

ユギ大尉が指を折って数えている。

「私が知る限りで三人……。まだいそうですね」

「誤解ですってば」

なんでこんな陰鬱な処刑部隊で上官と恋愛談義になってるんだよ。おかしいだろ。

俺はもう少し建設的な話題に切り替える。

「ところで中隊長殿、殉職したマイネンの墓参《ぼさん》をしてやりたいのですが」

「あ、そうですね。私たちは既に冥福をお祈りしてきましたので、クリミネ少尉と二人で行ってきてはどうでしょう？」

「確かに彼女も墓参はまだのはずですが……」

俺が少し渋ると、ユギ大尉は微笑みながら告げた。

「これは命令ですよ。二人で行ってきてください。帝都郊外の陸軍共同墓地は寂しいところですから、彼女を一人で行かせるのは少し不安です」

それもそうだ。でもなんだか変な命令だな……。

だがユギ大尉の命令なら、素直に従うのが一番だろう。どのみち部下の俺には抗命する権限などない。俺は即座に敬礼した。

「了解しました。これよりクリミネ少尉と合流し、マイネン中尉の墓参に向かいます」

命令を復唱し、受領したことを示す。

「はい、お気をつけて」

＊　＊

にこにこ笑うユギ大尉に見送られて、俺は大隊本部にある自分の執務室に戻った。

これでも将校なので自分専用のオフィスを与えられている。とても狭いが、軍隊では個室があるだけでも破格の待遇だ。

俺は棚から白の軍服を取り出した。

「あいつのために着替えるなんて、これが最初で最後だろうな……」

殉職したマイネン中尉は表向き、工兵将校ということになっていた。儀礼大隊の黒い軍服で墓参りをすると目立ってしまう。

儀礼大隊は近衛連隊に組み込まれており、近衛連隊の将校は平時に白い軍服を着ている。つまり俺たちが白い軍服を着ても別に規定違反ではないので、素性を隠したいときは白い軍服に着替えるのが手っ取り早い。

ただこれ、洗濯が大変なんだよな。

そこにドアをノックする音が聞こえた。

「誰か」

軍の慣習に倣って返事をすると、ドアの向こうからクリミネ少尉の声がする。

「リーシャ・クリミネ少尉でありまぁす」

「どうぞ」

微妙に緊張感のない声してたな……。

入室してきたクリミネ少尉も白の軍服だ。良家のお嬢様のせいか、白もよく似合っている。ユギ大尉が着ると死装束《しにしょうぞく》みたいになる。不思議なものだ。

俺は上着のボタンを留めながら苦笑してみせる。

「すまん、見苦しいところを見せたな」

「いえ」

ガン見されてる。怖い。この子、なんか鼻息荒くないか？

「将校たるもの、兵卒にはこんな姿を見せてはいけないのだが、貴官は将校だから別にいいよな？」

「はい、大変結構です」

会話が嚙《か》み合《あ》ってない気がする。すごく不安だ。

「中尉殿、ホック留めましょうか？」

「自分でやるからいい」

「あっ、襟章がズレてますよ」

「ズレてないよ」

なんで執拗《しつよう》に俺の喉元狙ってくるの。肉食獣か。

妙に落ち着かない気分で着替えを済ませると、俺は姿見で身だしなみをチェックする。

将校がだらしない格好をしていると兵士からの信用を失う。そうなると戦場ではお互いに命取りだ。

とはいえ、うちには兵卒なんか一人もいないのだが。

「中尉殿、よくお似合いですよ」

「貴官も世辞を言うんだな」

「いえ、言いません」

真顔で否定された。やはり会話が噛み合わない。疲れてるのかな俺。

気を取り直しつつ、俺はクリミネ少尉に尋ねる。

「ところで俺に何か用かな？」

「はい、中尉殿がマイネン中尉の墓参をなさると聞いたので、私も同行しようかと」

「ああ、それがいいな。一緒に行こう」

大隊長からも命じられていたので、ちょうどよかった。

俺たちは大隊本部の建物を出る。近くにある近衛連隊本部を横目に眺めながら、帝都の大通りに出た。

クリミネ少尉はいつも通り真顔だったが、どことなく御機嫌のようだ。鼻歌を歌っている。

「なんにもないカヴァラフ地方を見た後だと、やっぱり帝都は繁栄しているなあと思いますね」

「そうだな」

帝国で最も賑《にぎ》やかなこの辺りでも、前世の日本だと地方都市の駅前くらいだ。そもそも人口密度が違うので仕方ないが、俺はこちらの世界に来て「都会」を見たことがない。

俺のそんな反応が面白いのか、クリミネ少尉はまた絡んでくる。

「もしかして雑踏はお嫌いですか？」

「この程度なら問題ないよ」

「この程度？」

あ、いかん。ここが帝国で一番ゴチャゴチャしてる場所なんだった。変な人だと思われてしまう。

俺は慌てて取り繕う。

「士官学校時代の食堂の混雑を思えば、どうということはないだろ？」

「それもそうですね」

コクコクとうなずいているクリミネ少尉。よかった、お嬢様で。

「ん？」

俺はそのとき、妙な違和感に気づいた。

クリミネ少尉にもそれを伝えておく。

「尾行されているな。あまり上手《じょうず》じゃないが」

「えっ⁉」

そこでキョロキョロせずに平静を保っているのはさすがだが、クリミネ少尉は不安そうだ。

「尾行ですか」

「振り返る訳にはいかないから確認できないが、ずいぶん早足で散策している老人がいるぞ。軍人の早歩きについてきてるんだからな」

軍人を尾行するなら、もう少し違う変装をした方が良かったんじゃないかと思う。歩度でバレバレだ。

とはいえクリミネ少尉は気づいていなかったから、俺も前世だったら気づいていなかったかもしれない。今世の士官学校ではそれなりに鍛えられた。

「中尉殿、それって何者なんでしょうか」

「わからないが、今の俺たちは近衛将校の白い軍服だ。この偽装を看破しているとすれば、大隊本部から出てくるのを待ち伏せしていた可能性もある。少し危険だな」

儀礼大隊の黒い軍服は珍しいし、この軍服に恨みのある者は多い。だが近衛将校はどちらかといえば一目置かれる存在だ。

いやまあ、反皇帝派からすれば鬱陶しい存在なんだろうが。

「だが近衛将校の動向を探っている反皇帝派かもしれないし、今はまだなんとも言えないだろう」

「それもそうですね」

町中でいきなり襲ってきたりはしないだろうが、これはこれで困った状況だ。

「尾行者の素性が不明のまま陸軍共同墓地に行くと、儀礼大隊とマイネン中尉の実名とが紐付けられる可能性があるな」

マイネン中尉の墓碑銘には実名が記されている。儀礼大隊本部から出てきた近衛将校たちが工兵将校の墓に参るところを見られると、後々面倒なことになるかもしれない。

めんどくさいけど、ここは尾行を何とかした方が良さそうだ。

「クリミネ少尉。貴官の好きな食べ物を教えてくれ」

「ええと、チーズが好きです」

「お、それならちょうどいいな。この近くにチーズ屋がやってるレストランがあるから、そこで昼飯にしよう。チーズ屋もレストランも牧場の直営店なんだ」

まだ昼食には少し早い時間だけど、陸軍共同墓地への往復を考えるとどのみち腹ごしらえは必要だ。結構歩かないといけないからな。

クリミネ少尉はスキップしそうな勢いでついてくる。

「そんなレストランがあるんですか？」

「大隊長に連れて行ってもらったことがある」

「あ、そうですか……」

急にしゅんとなるクリミネ少尉。なんなの君。

「変な誤解はするなよ。大隊長のお子さんを警護する任務があって、私服で家族連れに偽装しただけだ」

「私服で家族連れ！」

そこ反応するところかな。年下の異性の部下ってどう接したらいいのかわからん。

俺はクリミネ少尉を元気づけるため、ない知恵を振り絞る。

「そこのオーナーは大隊長と知り合いなんだ。事情を話して個室を借りるから、尾行を気にせずに楽しんでくれ」

「えーじゃあ楽しみます」

その表情、拗ねてるのか嬉《うれ》しいのかどっちなんだよ。この子扱いづらい。

＊　　＊

帝都外縁のゴチャゴチャした大通りにある「キャラバイン・ミウ・テューデュル」は、老舗《しにせ》チーズ屋の二階にある有名レストランだ。

階下のチーズ屋の人気商品や売れ残りを、安くて美味《おい》しいチーズ料理にしてくれる。

庶民的なお店だが、貴族や聖職者も足繁《あししげ》く通う名店として知られている。

なおこの店名、帝国語だとなんだか格好いい響きだが、日本語に直すと「クソデカおっぱいチューチューチュー」くらいの意味なので全く格好よくない。

もちろん牛のだと思うが、なんでこんな名前つけた。

正統帝国の人たちの考えることって、俺にはよくわからない。

「ふーん……」

クリミネ少尉が自分の胸の辺りを撫でながらしかめっ面をしているので、俺は軽く溜め息をつく。

「店名は気にしないように。さあ入ろう」

「はい、中尉殿」

執拗に胸の辺りを撫でながら、クリミネ少尉はこくりとうなずいた。

ちなみに俺は胸は薄い方が好きなので、誤解しないでほしい。どちらかといえば筋肉や骨格が描くしなやかなラインが好きなのだ。

それはそれとして豊かな胸にも大変興味はあるが、こんなこと女性部下に話すことではないので黙っておく。

「いらっしゃいませ、近衛の旦那。お二人ですかい？」

皿を下げている最中のウェイターが振り返ったので、俺はうなずく。

「個室は空いてるかな？『昨日から赤い雌牛の機嫌がいい』んだ」

髭面《ひげづら》のゴツいウェイターの目が、一瞬だけ冷静なものになった。

「お名前をお聞きしても？」

「フォンクトだ。ゲーエンバッハの部下だと言えば通じる」

ウェイターは小さくうなずいた。

「わかりました。ちょいとお待ちを」

クリミネ少尉は何が起きたのかよくわからないらしく、俺とウェイターの顔を見比べながら目をパチパチさせていた。

「えっ……何ですかそれ？」

「『赤い雌牛』はここのオーナーのことで、昨日とか機嫌とかは符牒《ふちょう》だ」

「すご……」

俺だって大隊長に教えてもらった合言葉をそのまま使ってるだけなんで、何がなんだかわかってない部分がある。オーナーとも直接の面識はないしな。

いったん引っ込んだウェイターは、すぐに戻ってきた。

「お待たせしました、フォンクト様。ちょうど個室が空いてましたんで、お使いくだせえ。『静かな部屋』ですんで」

防諜《ぼうちょう》に配慮した部屋だな。気が利いてる。

「ありがとう」

俺はにっこり笑って、ウェイターに銅貨を一枚握らせる。

それからクリミネ少尉を振り返った。

「行こう、少尉」

＊　＊

そして俺は今、とても困っていた。

「確かに個室ではあるが……」

通されたのは厨房《ちゅうぼう》横の廊下を抜けた先にある、どん詰まりの小部屋。窓は一つしかなく、ちょっと薄暗い。

テーブルと椅子があるのは当然として、どうしてベッドがあるのだろうか。

「中尉殿……」

クリミネ少尉が俺をまじまじと見つめてきたので、俺は慌てる。

「俺も初めて来る部屋だ。従業員の休憩室かな」

もともとそんなに大きな建物ではないので、個室もそんなにないはずだ。ここはおそらく、密談や密会に使われる部屋なんだろう。防諜を考えると大変都合が良い。

俺が気まずいという点では大変都合が悪いが。

さっきのウェイターではなくウェイトレスが来たので、適当に注文をする。ついでにメモを渡して下がってもらう。

いや、そんなに俺をまじまじと見ないでくれ。違うから。

くそっ、俺はいつもこうだ。何をやってもうまくいかない。

俺は制帽を脱ぐと、クリミネ少尉に笑いかける。

「ここに入れば、尾行はいったん完全に切ることができる。さっき中隊長に暗号文のメモを送ったから、尾行をどうにかするために何か手配してくれるだろう」

中隊長のユギ大尉は、こういうときに部下の安全を最優先してくれる。ただし本人が武闘派なので、最前線に飛び出してきてしまうのが部下たちの悩みの種だった。

頼りになるのは間違いないんだが、そのせいでよく大隊長に叱られるんだよな……。

＊　＊

しばらくして料理が運ばれてきたが、目を惹《ひ》くのはバカでかいチーズの塊だ。貯蔵用の円筒形のチーズを半分に切ったものだろう。

チーズの断面には窪《くぼ》みがあり、シェフがそこに茹《ゆ》でたてパスタを放り込む。

「うわうわうわ」

クリミネ少尉が声を上げると、シェフは得意げな表情でパスタを器用に絡めていく。パスタの熱でチーズが溶けて、みるみるうちにチーズパスタができていった。

粗熱《あらねつ》が取れたところでシェフはパスタを小皿に取り分け、くるりと巻いて綺麗《きれい》に盛り付ける。

「当店自慢の三年物の熟成チーズ『金の雌牛』です。熱々を召し上がれ。下の店でも売ってます」

さりげなく販促された。

他の給仕たちがカットチーズの盛り合わせやらチーズフォンデュの小鍋やらをテーブルに並べると、あっという間に去っていく。

「では、ごゆるりと」

なんだか微妙に含みのある笑みを残して、最後にシェフが一礼した。

違うっての。

「えーと……」

クリミネ少尉があっけに取られているので、俺は前世の知識を思い出しながら説明した。

「こっちの鍋は、溶けたチーズにパンや野菜を絡めて食べる料理だ。まだチーズが溶けきっていないから、先にパスタを食べてろということなんだろうな」

「なるほど」

フォークを構えるクリミネ少尉。

「では、正統なる神の恩寵《おんちょう》に感謝して……」

国教の聖句を前半分で省略して、彼女はいそいそとチーズパスタを食べ始めた。

「うわっ、これ美味しいですよ!?　中尉殿も早く早く」

いや君、尾行を撒《ま》くためにここにいるのを忘れてないか？

俺は思わず苦笑してしまったが、あんまり野暮なことを言うのも気が引けたので食べ始める。

「確かに美味いな。チーズだけでこんなに奥行きのある味が出せるなんて」

「はい、チーズはいろいろ食べてきましたけど、これは熟成が丁寧で美味しいです。それに作り方も食べ方も面白くて」

準貴族のお嬢様も納得の味のようだ。ちょっと安心した。

ただし、前世の日本ならこれくらいの料理は珍しくない。チーズに放り込んで作るパスタにせよ、チーズフォンデュにせよ、同じようなものを食べたことがある。

だがこちらの世界では地方ごとに食文化が固定されているので、各地方の美食が気軽に味わえるのは帝都など主要都市の富裕層だけだ。

出張で行った早春のカヴァラフ地方では、豆と黒パンくらいしか食べ物がなかった。集落でジビエを振る舞われたのは精一杯のもてなしだったのだと思う。

領主たちの主食も、ナッツやドライフルーツ入りではあるがやっぱり黒パンだった。

この帝国では、全体の一パーセントにも満たない都市部の富裕層だけが、食事を娯楽にする特権を有している。

そんなことを考えているとせっかくの料理もなんだか罪悪感でいっぱいになってしまうが、食べないと損なので食べておく。

「中尉殿、こっちの鍋もそろそろいけそうです。パンを浸すんでしたね？」

「ああ。そっちの蒸し野菜も試してみるといいよ」

俺が生まれ故郷を捨てて軍隊に入ったのも、士官ならまともな飯にありつけると聞いたからだ。農村部の平民が無一文から出世するには軍人か聖職者の二択しかないが、どうせなら美味い飯が食いたかった。

だがそれはそれとして、今のうちにクリミネ少尉に話しておかないといけないな。

「少尉」

「ふぁんふぇふは？」

「すまん、頬張りながらでいいので聞いてくれ。質問されても答える必要はない」

口元からチーズを垂らしているクリミネ少尉に詫《わ》びつつ、俺は切り出す。

「少し考えてほしいのだが、貴官は……いや、俺たちは親皇帝派か？　それとも反皇帝派なのだろうか？」

「ほんほほ」

「いや答えなくていいから。考えるだけでいいんだ」

なかなか話が進まないな……。

＊　＊

俺がまだ少尉の階級章を付けていた頃の話だ。

「なあ、フォンクト少尉」

いつも通り、大隊長が気だるげに声をかけてきた。

「お前は親皇帝派か、それとも反皇帝派なのか？」

俺は書類を整理する手を止めて、やや緊張しながら振り返る。

「それって、どっちか選ばないとダメなヤツですか？」

「質問を許可した覚えはないのだがな」

そう言いつつも、大隊長は明らかに面白がっている様子だった。

この感じなら続けて発言しても大丈夫そうだな。

「帝室儀礼大隊に反皇帝派の将校などいるはずがありません」

「なるほど、では親皇帝派という解釈で良いか？」

にまにま笑っている大隊長がなんだか可愛かったので、俺は笑いながら首を横に振る。

「皇帝陛下に忠誠を誓う模範的な軍人なら、もっと明確に返答していますよ」

「となると、お前はどちらでもないことになるが……」

とぼけた表情をしている大隊長。

だが眼鏡《めがね》の奥の瞳は、まるで獲物を見つけた鷲《わし》のようだ。

俺は書類をトントンと揃《そろ》えながら溜め息をつく。

「小官は皇帝陛下の治世が長く続くことを心から願っていますが、そのためには皇帝陛下の勅命全てには付き合いきれないとも考えています。やはり独裁では限界がある」

「不敬だな。銃殺モノだぞ」

金髪の美女が脅迫してきたが、もちろん本気ではない。だがその気になれば俺を銃殺することもできる人物だ。怖いなあ。

俺は書類の束を大隊長に差し出しながら、真顔で答えた。

「小官はあくまでも自分自身のために、祖国の平和と繁栄を願っています。親皇帝にも反皇帝にも興味はありません」

「生意気なことを言うヤツめ」

大隊長はフッと笑ってから、俺の差し出した処刑執行の報告書を受け取る。

それに素早く目を通してから、彼女は言った。

「いいだろう。お前は明日から中尉だ。中隊副隊長にしてやる」

「それ中尉になると勝手《かって》についてくるヤツですよね」

「少しは喜べ、次の昇進は十年以上先だぞ」

まあそうだろうな。大尉で打ち止めだし。

大隊長は満足げな顔をして、机に腰をかける。

「お前は本当にいい士官になったな。期待しているぞ」

「精勤いたします。ところで大隊長殿」

「なんだ？」

甘い微笑みを浮かべて顔を近づけてきた大隊長に、俺は我慢できずにこう言う。

「人の机に尻を載せないでください」

「あーはいはい、わかりましたよ」

美貌の大隊長は、ぷうっとふくれた。

＊　＊

「というようなことがあってだな」

俺はクリミネ少尉に説明してから、チーズフォンデュの鍋にパンを突っ込む。

「貴官も数年以内に大隊長から同じ質問を受けるだろう。マイネンも同時期に同じ質問をされたと言っていたからな。略式の面接試験だと思った方がいい」

クリミネ少尉は俺の後輩だし、今は相棒として組んでいる。

この子も勅命なんか屁《へ》とも思っていないタイプなので、たぶん大隊長の腹心として中尉に昇進するだろう。

俺は声を抑えながら話す。

「俺たち帝室儀礼大隊は皇帝直属の部隊だが、大隊長の思惑は少しズレた場所にあるようだ。だから先日のような任務もあるし、そのせいでどこかの勢力から監視されている可能性もある。今も尾行を受けているしな」

ただ問題は、俺たちの立ち位置がはっきりしないことだ。

「表向き、俺たちは勅命さえあれば誰でも殺す。だが親皇帝派だったグリーエン卿の粛正は忠実に実行する一方で、『ユオ・ネヴィルネル』の件では反皇帝派のフマーゾフ卿を助けている。内実を知る者がいれば、そこに思想性を見出だすかもしれない」

パンでチーズを絡め取って、俺はフォークの先でくるりと回す。

「帝室儀礼大隊は皇帝の猟犬なのか、それとも獅子身中《しししんちゅう》の虫なのか。立場が曖昧な存在は危険視される。この帝国の天秤《てんびん》がどちらに傾くにせよ、我々を取り巻く危険は増すだろう」

なんか今日の俺……かっこいいな！　凄腕《すごうで》のベテラン将校って感じが出てるぞ。

前世の俺にも教えてやりたい。人生やり直したらこんなことできるんだなあ。

これならクリミネ少尉も俺を尊敬するのではないかと少し期待したのだが、彼女の反応は予想外の方向から来た。

「大隊長、やっぱり抜け駆けする気だったんじゃ……」

「何の話をしているんだ」

俺の話、ちゃんと聞いてた？　せっかく格好《かっこ》良くキメたのに全く意味がなかった。

クリミネ少尉は真剣な顔をして「先手必勝か……」とかつぶやいていたが、やがて顔を上げて俺を見つめた。

「つまり中尉殿は、御自身の身辺が危険だと承知しておられるんですよね？」

「え？　ああうん、そうだな」

急に話がつながったのか？　いやどうだろう、ちょっとわからない。

俺はそんなに賢い訳ではないので、予想外の方向から会話が飛んでくるととっさに対応できない。悲しいが転生しても凡人は凡人だ。

軽く咳払《せきばら》いをしてその場を取り繕いつつ、俺は答える。

「俺たち儀礼大隊はどちらの勢力からも敵視される可能性がある。そして両勢力とも一枚岩ではない。どこから弾が飛んでくるかわからん情勢だ」

フマーゾフ卿のようなカヴァラフ地方の領主たちは反皇帝派が多いが、他の反皇帝派勢力と結託はしていないだろう。

そして親皇帝派は権力の中枢にいる者が多いが、彼らは彼らで足の引っ張り合いをしている。

情勢は混沌《こんとん》としていて、どちらに与《くみ》しても安泰とは言えない。

話が少しややこしくなってしまったので、俺は笑ってみせる。

「そういう情勢だからこそ、大隊内部では仲良くやりたいものだな。前回の任務で貴官が見せてくれた覚悟は見事だった。頼らせてもらうよ」

「はい、中尉殿。信頼に報いるよう努力します」

めちゃくちゃ機敏な動作でヒュパッと敬礼された。君、そんな綺麗な敬礼できるの？

普段からやろうよ。

ところどころ会話が嚙み合ってない感じはしたが、綺麗にまとまったのでとりあえずホッとする。

「さて、では外の尾行者をどう料理するか考えることにしようか」

「そうですね、切り返して逆尾行で捕まえられたらいいんですけど」

お、ちゃんと基礎は習ってきてるんだな。準貴族のお嬢様だから適当かと思っていたが、士官教育は大丈夫そうだ。これは助かる。

「確かにそうだな。中隊長からの支援次第では可能だろう。ただ、尾行者の素性次第では逮捕すると後が面倒な場合もある。敢《あ》えて見逃したり、尾行を張り付けたまま大隊本部に帰還することも視野に入れておいてくれ」

「了解しました」

ちょうどそのとき、ドアがノックされる。

「『洗濯屋さん』と『パン屋さん』は、こちらですか？」

「どうぞ、『玩具屋』」

中隊長のユギ大尉の声がして、つば広の帽子にドレス姿の女性が入ってきた。

やっぱり本人が来ちゃったよ。

俺たちは即座に起立して敬礼したが、ユギ大尉はニコニコ顔だ。

「尾行されている可能性を考慮して途中で二回、衣装を着替えてきました。おかげで遅くなりましたが」

そう言って室内を見回すユギ大尉。枕が二つあるベッドをじ〜っと見ている。

「……もうちょっと遅く来た方が良かったでしょうか？」

「いえ」

余計な気遣いがつらい。

「あと、外にデコット伍長《ごちょう》を待たせています」

「ああ、小官そっくりの」

背格好が似ているので、職場でときどき俺に間違われる不幸な伍長だ。寡黙で実直だが、文書偽造の専門家という曲者《くせもの》でもある。

「私たちは準貴族の夫婦に偽装してきましたので、この格好で外に出てください。代わりに私たちがあなたたちに成りすまして尾行を受けます」

「では逆尾行を仕掛けますか？」

するとユギ大尉は困ったような顔をした。

「一応そのつもりですが、相手が何者かわからないので慎重に行動するようにとの大隊長の命令です」

「尾行に見せかけた罠《わな》かもしれませんしね」

尾行を仕掛けた側がただの素人《しろうと》ならそれでいいが、そうではなかった場合が厄介だ。素人を捨て駒に使って何か企《たくら》んでいる可能性もある。

俺は中隊長を安心させるために笑ってみせた。

「いつも通り、給料分しか働きませんから安心してください」

「うーん……ははは」

なんで苦笑いされてんの。

「では私たちは先に出ますね」

「中隊長殿、お気をつけて」

ユギ大尉がデコット伍長と共に近衛将校の白い軍服で店の外に出ていく。

俺とクリミネ少尉は準貴族の……つまり金持ちの夫婦という出で立ちで、少し時間を置いてから店を出た。二人で肩を並べ、石畳の道をのんびり歩いていく。

正統帝国は服飾的には十九世紀の水準に達しているので、富裕層ともなるとかなり良い服を着ている。

なお工業や医学の水準は十八世紀に達しているかどうかも怪しいので、富裕層でも生活は不便だし、そこらじゅう不衛生だし、病気であっさり死ぬ。俺はやっぱり現代日本の方がいい。

それはともかく。

「少尉、尾行者らしいヤツはいるか？　俺が見つけたときは、茶色いジャケットを着た白髪の老人だった」

「むしろ該当者が多すぎて困っているんですが」

「だよなあ」

この世界の庶民は服をあまり洗えないので、汚れが目立たない色を好んで着る傾向がある。染料も色鮮やかなものは高い。だから庶民はだいたい茶色か灰色になる。

というか、着ているうちにだんだん茶色か灰色になる。

「中隊長たちを尾行しているヤツがいれば、たぶんそいつなんだが……」

するとクリミネ少尉が小声で言った。

「あの老人、行き先が同じです」

ああ、あの人か。確かにユギ大尉たちをずっと追っているように見える。

だが俺は首を横に振った。

「彼のジャケットの肘をよく見ろ」

「ひじ？」

「擦り切れて光沢が出ている部分と、肘の位置が完全に一致している。あれは彼が実際に何年も着ている服だ。変装じゃない」

そういう馴染《なじ》んだ服を用意してきた周到な尾行者かもしれないが、そういうヤツはバレるような尾行なんかしないだろう。

　クリミネ少尉が感心している。

「さすが『洗濯屋』と呼ばれるだけのことはありますね」

「好きで洗濯してる訳じゃないんだがな」

　さすがに肌着は毎日替えないと気持ち悪いから、非番の日は数日分の肌着を洗って干すことになる。

　これだけはどんなに不審がられてもやめるつもりはない。俺の尊厳に関わる問題だ。

　俺は視線だけ動かして周囲をざっと見て、不審な人物がいないことを確認する。

「雑踏に紛れられると、さすがにもうわからんな。適当なところで尾行者探しは断念して、マイネン中尉の墓参りに行こう」

「了解しました」

　クリミネ少尉はうなずきつつ、ドレスの胸元を引っ張り上げた。

「どうした?」

「いえ、ちょっとぶかぶかで」

「ああ」

　俺は軽くうなずく。

「中隊長はああ見えて体格がいいからな。貴官には少し大きいかもしれ」

キッと睨まれたので俺は即座に口を閉ざす。

えっ、なに⁉

クリミネ少尉が世界中の不機嫌を集めて作ったような顔をしている。

「どうせ私はうすっぺらのぺったんこです」

「え？　あ、いや……そうではなくてな、中隊長は見た目より筋肉質だから少し余裕を持たせているんだ」

しどろもどろに説明すると、驚いたような顔になるクリミネ少尉。

「えっ⁉……し、失礼しました！」

「いや、こちらこそすまない」

気まずい沈黙。軍務と関係ない気苦労が多い。

結局、ユギ大尉たちを尾行している者は見つからず、俺たちは逆尾行を断念することにした。

「中隊長たちが大隊本部に戻るコースに入ったな。どうやら終わりのようだ。クリミネ少尉、その格好で陸軍共同墓地まで歩けるか？」

「ブーツなので問題ありませんが、胸がずり落ちそうです」

「余ってる布をベルトで押さえてなんとかしてくれ」

俺たちが歩き出したとき、雑踏の中から若い女性の声がした。

「『ユオ・ネヴィルネル』を殺したのはお前だな？」

ぎょっとしたが、俺は振り返らない。変装中だからだ。

もちろんクリミネ少尉も完全に無視していたが、唇が微かに震えていた。

内心で焦りを感じつつ、十歩ほど歩いてから仕立屋の窓ガラスでそっと背後を確認する。

声の主は既にいないようだ。

こんな場所でキョロキョロできないし、向こうもそれはわかっているから声をかけたのだろう。ムカつくヤツだ。

「行こう」

「は、はい」

どうやら俺たちは、少しばかり危険な領域に足を踏み入れてしまったらしい。

＊　＊

「少しどころではないな」

翌日、俺とクリミネ少尉は大隊長室に呼び出された。

「お前たちはかなりの危険に足を踏み入れてしまったようだ」

金髪眼鏡の大隊長は溜め息をつき、それから俺たちをじっと見つめる。

「すまない。私がお前たちに危険な任務ばかりを割り振ったせいだ。取り急ぎ、手を尽くして調べてみた」

そう言って大隊長は分厚い書類の束を積み上げる。

「『ユオ・ネヴィルネル』について調べてみた。三十年ほど前に実在した人物だ」

「なんですって⁉」

俺がカヴァラフ地方で処刑した（ことになっている）人物が、実在しているというのはちょっとまずいぞ。

しかし大隊長は苦笑する。

「心配するな、既に死亡している。先代の皇帝を暗殺しようとして処刑された稀代《きたい》の悪女だ」

なんだかいわくありげな人物だな。

大隊長は書類を手にすると、書かれている情報を読み上げる。

「ユオ・ネヴィルネルは、南部の小領主ネヴィルネル家の四女だった。皇妃の侍女として仕えていたが、皇帝の暗殺を企てたとして処刑されたそうだ」

クリミネ少尉が興味津々といった様子で問う。

「本当に暗殺しようとしたんでしょうか？」

大隊長は目を伏せ、首を横に振った。

「わからないな。ネヴィルネル家を失脚させる陰謀だったのかもしれない。一門は全て逮捕され、幼子にいたるまで処刑された」

俺は内心で大きく溜め息をつく。一番苦手なタイプの話だ。こういうときは無関係の子供まで殺すから気分が悪い。

「事件は内々に処理されたようで、記録もほとんど残っていない。覚えているのはネヴィルネル領の年寄り連中や、古参の帝室関係者くらいだろう」

そして大隊長はチラリと俺を見る。

「今になって、どこかの誰かが書類の上で『ユオ・ネヴィルネル』を復活させた。だがそれは帝室儀礼大隊の精鋭、フォンクト中尉によって処刑されてしまったという訳だ」

ああ……。俺、もしかして誰かの陰謀を潰しちゃったのかな。

大隊長は俺をじっと見る。

「この件がどこまで現皇帝の耳に入っているかはわからないが、謀反人《むほんにん》が蘇《よみがえ》ったということならあの処刑命令にも納得がいく」

待てよ、それってつまり……。

俺が背筋にヒヤリと冷たいものを感じたとき、大隊長がニコッと笑う。

「もっともお前が逮捕したのが若い娘だったので、この件は『このユオ・ネヴィルネルは同姓同名の別人』で落着している。帝国全体で見ればそれほど珍しい名前でもないしな」

予想以上に危ない橋を渡っていたらしい。何かが一つ間違っていたらアウトだった。

俺は額を拭いつつ、ふと疑問を口にする。

「そうなると、昨日の尾行は警告だったのでしょうか」

「かもしれないな。わざわざお前にそんなことを言ったからには、今すぐ殺すという訳でもなさそうだ。ああ、そうそう」

大隊長はついでのように付け加える。

「お前が処刑したグリーエン卿だが、ネヴィルネル家討伐の勅令が下るより早く艦隊を派遣し、一門の逃亡や反抗を防いだことで現皇帝の側近に抜擢《ばってき》されている。事前に準備していたかのような対応の早さだったそうだ」

そっちでも絡んでくるのかよ。思った以上に深みにはまり込んでる気がする。

知らないうちに俺の経歴に政治的な色がつきすぎた。急いで「洗濯」しないと厄介なことになりそうだが、俺にはどうすることもできない。

大隊長は頭を掻き、それから椅子に体を投げ出す。

「うちの大隊に下りてくる命令のうち、私が怪しいと思ったものは全て第三中隊に回している。第三中隊で一番使えるお前は、そのせいで陰謀の渦中に身を置くことになってしまったな」

「いや本当ですよ。どうしてくれるんですか」

「私だって後から気づいたんだから仕方ないだろう。最初からわかっていれば、もう少し任務を分散させていた」

拗ねたような顔をする大隊長。

「だいたいお前が悪いんだぞ。何をやらせても平然と処理してしまうから」

「それを小官のせいにしないでください」

俺が文句を言うと、クリミネ少尉も加勢してくれる。

「そうですよ、中尉殿は何も悪くありません。悪いのは大隊長殿です」

二人がかりで非難されて、大隊長はふてくされる。

「うるさいなー、私だって責任は感じているから、こいつが殺されないように手を回しておく。そう心配するな」

「お願いしますよ。今地獄に行っても親しいヤツがマイネンくらいしかいません」

地獄ならまだいいが、また異世界転生しちゃうと困る。言語も文化も違う異世界で人生をやり直すのは地味に面倒くさい。

二度目の人生も既にかなり面倒くさいことになってるしな……。

第四章
戻れない道へ

それからしばらく、俺は内勤の仕事を命じられて帝室儀礼大隊本部で書類と格闘していた。もともとデスクワークの下士官としてここで働いていたので、どれもこれも慣れた仕事だ。前世もこんなもんだったし。

パソコンもメールもないのは若干しんどいが、そのせいで期限がユルいのは助かる。緊急の書類作成でさえ期限が翌々日だったりする。

全部手書きなのが面倒だが、一つ一つの案件がスローペースなのはいい。

「中尉殿、楽しそうですね」

俺の執務室に遊びに来たクリミネ少尉がそんなことを言うので、俺は座ったまま背伸びをした。

「処刑部隊なのに誰も殺さなくていいからな。おまけに給料は同じだ。最高だろ？」

ごく普通の受け答えをしたつもりだったが、クリミネ少尉が首を傾《かし》げる。

「書類仕事するくらいだったら、誰かを処刑した方が楽じゃないですか？」

「怖いことを言うな」

これは彼女が悪いのではなく、人命の軽いこの世界が悪いのだと思う。処刑見物が娯楽だもんな。

クリミネ少尉が机上を覗《のぞ》き込《こ》んでくる。

「何の書類を書いていたんですか？」

「どこかの誰かがよくわからん理由で処刑されたという報告書だ。帝室に提出するために書式を整えてる」

暇なときは帝都の治安維持に駆り出されて泥棒の絞首刑を執行したりもするので、大隊全体で見ると毎日のように誰かを殺している。

強盗は初犯で死刑、スリや空き巣も再犯なら死刑にできる法律だから死刑執行がやたらと多いのだが、それでも全く犯罪が減らないのはある意味で凄《すご》い。

それだけ貧困が蔓延《まんえん》しているということだろう。

「たまには第二中隊と合同で銃殺刑とかやりませんか？」

そんな職場の合同バレーボールみたいな感覚で人を殺さないでほしい。

だがこれも射撃訓練を兼ねるので帝室からは奨励されており、クリミネ少尉は何にも悪くない。

「銃を撃つだけなら好きなんだが、銃身の掃除と制服の洗濯がな」

「黒い制服ですし、火薬の汚れなんか誰も気にしませんよ。中尉殿は綺麗好《きれいず》きですね」

黒色火薬の主原料は硝石、つまり硝酸カリウムだけど、あれって衣服に悪影響ないのかな？　硫黄《いおう》や木炭も入ってるし、気になるから洗濯しちゃう。

俺はペンを置いてクリミネ少尉を見上げる。

「ところで、『ユオ・ネヴィルネル』の件で何かわかったことはあるか？」

「フマーゾフ卿《きょう》には大隊長が問い合わせてくれたんですけど、誰がその名前を使ったのかはわからないそうです。北部ではネヴィルネル家の存在すら知られていないそうで」

「だよなあ」

テレビどころか新聞すら存在しない世界なので、同じ帝国で暮らしていても地方が違えば完全に別の世界だ。お互いのことを何も知らない。

俺は机上の報告書を指先で叩《たた》く。

「帝室に上げられる報告書がどこかですり替わったのかもしれないな。ここにある報告書なら俺でも書き換えられるし、俺が書いた報告書を貴官がすり替えることも可能だ」

「ついでに提出しておきますよって預かっちゃえばいいですからね」

「そういうことだな。わからんことだらけだ」

今回の件は、黒幕が親皇帝派なのか反皇帝派なのかもわからない。複数の陰謀が絡み合っていたり、誤解や混乱が事態を複雑化させていたりする可能性もある。

手持ちの情報だけでも推測はできるが、その危険性は士官学校でも教わった。

「机上演習と違って、実際の戦場には見ることのできない不確実性の部分がある。戦場の外もだいたいそうだ。見えている部分だけで判断すると、見えていない部分で足をすくわれる」

「あ、それ習いました。なんでしたっけ？」

「『戦場の霧』だよ、クリミネ少尉。グスペンターフ将軍の『作戦概論』だ」

全く同じ言葉が前世にもあったので、士官学校の講義中にちょっと感銘を受けたのを覚えている。

前世で「戦場の霧」を言い出したのは……あれ、誰だ？

モルトケじゃなさそうだし、ジョミニはそんなこと言わない。あんまり詳しくないから、他にそれっぽい人物の名前が出てこない。霧がかかったみたいだ。

考えても仕方がないので、俺は今世の知識だけ覚えておくことにする。

「俺たち下っ端は、陰謀に巻き込まれても何もわからない。わからないことを受け入れ、わからないまま行動することに慣れるんだ」

「わからないけどわかりました」

「うん」

俺もなんだかわかるのかわからないのかわからなくなってきた。

椅子から立ち上がった俺は、窓の外を眺める。

「人は未知を恐れ、既知に変えようとする。だが未知を既知だと思い込むことを最も恐れるべきだ」

「それは聞いたことがありません。誰の言葉ですか？」

俺は指先でトントンと胸を叩く。

「俺だよ」

「なんだ」

相変わらず失礼だな……。

俺が死をあまり恐れないのも、俺にとって死は未知ではないからだ。なんせ一度経験している。

転生するなら死は終わりではないし、死んだまま終われるならそれも悪くない。めんどくさいからな、人生。

「要するに俺や貴官のような下っ端があれこれ考えても仕方がないという話だ。そのうち大隊長が何か考えてくれるだろう」

「私たちが知らないことをいろいろ知っていますからね」

正統帝国の佐官は様々な機密に触れることができる軍幹部で、俺たち尉官とは全く違う存在だ。

儀礼大隊に限らず、大半の帝国将校は大尉で退役を命じられる。少佐に昇進できるのは一割ほどだ。

なんせ少尉や中尉に預ける小隊は無数にあるが、少佐が隊長を務める大隊はその小隊が九～十六個ほど集まってできている。だから少佐はそんなに必要ない。

帝室儀礼大隊が形だけでも「大隊」と名乗っているのも、佐官の配置には大隊規模が必要になるからだ。

それだけにゲーエンバッハ少佐、つまり大隊長は特別な存在であり、俺たちも深い信頼を寄せている。大隊長の命令なら皇帝だってぶっ殺してみせるという将校は多いはずだ。

同僚のマイネン中尉もそうだった。

「だから俺は大隊長が命じてくれるまで、ここで書類をいじくり回して給料を貰《もら》う」

「志が低い……」

「職務に忠実な軍人に向かって失礼だな」

この子、すぐに俺の悪口を言うから油断ができない。

そのときドアがノックされ、中隊所属の下士官の声が聞こえてくる。

「フォンクト中尉殿、御在室ですか？」

「ああ、構わんから入ってくれ」

下士官は敬礼し、俺とクリミネ少尉を見る。

「ああ、ちょうどよかった。大隊長からお二人に、ただちに大隊長室に来るようにとの御命令です」

「わかった、ありがとう」

なんだろうな？

＊　＊

呼び出された俺たちが急いで大隊長室に向かうと、うちの中隊長であるユギ大尉も来ていた。

「揃《そろ》いましたね」

「揃ったな」

中隊長と大隊長がうなずき合い、俺たちを向く。

直属上官二人の揃《そろ》い踏《ぶ》みとくれば、これは重大な案件だろう。ちょっと緊張してきた。

「フォンクト中尉、ならびにクリミネ少尉、出頭いたしました」

普段あんまりやらない正式な出頭報告をすると、大隊長が小さくうなずく。

「御苦労。まず最初にお前たちに任務を伝えておく。ユギ大尉以下三名は、帝国海軍南方艦隊司令のテルゼン提督を暗殺せよ」

いきなりの暗殺命令来ちゃったよ。しかも海軍では大物中の大物だ。

びっくりしつつも俺たちが敬礼すると、大隊長が苦笑する。

「説明が必要だよな？」

「可能ならお願いします」

俺が言うとクリミネ少尉もコクコクうなずいていた。そりゃそうだよな。

大隊長は椅子に深く腰掛けると、腕組みをした。

「実は以前から、この手の暗殺命令は下りてきていた。だが私の権限で『本大隊に暗殺作戦の実行能力はない』と突っぱねていたんだ」

すげえな、この人。どんだけ政治力があったらそんな無茶ができるんだ。

「私は暗殺が嫌いだ。政敵の排除方法としては最も愚劣だよ。処刑も嫌いだが、法的な正当性は担保できているからまだマシだと思っている」

確かに暗殺が政治の道具として使われるのは、どう考えても健全じゃないよな。

俺は前世のゲームでは暗殺者キャラを好んで使っていたが、後ろめたいことだからこそ、ゲームでやると面白いんだ。

俺が力強くうなずいてみせると、大隊長は苦笑してみせた。

「だが愚劣な方法だけに、引き受ければ相応の見返りは要求できる。具体的に言えば、暗殺作戦を実行できる程度の権限と兵力だな」

「確かにそれは欲しいですね」

先日の尾行も、十分な人員がいれば尾行者を逮捕できたはずだ。下士官を含めても数十人しかいない書類上の大隊では、こういうときに人を動かせない。

大隊長は溜《た》め息《いき》をつく。

「そこで今回は命令を受領した。それにテルゼン提督は軍艦を私物化し、禁薬の密輸を行っている極悪人だ。先日摘発された禁薬の大規模密輸もテルゼン提督が黒幕だと判明している。さぞかし潤っただろう」

ある程度の規模になって人員や予算を自由に動かせるようになると、勝手なことを始める帝国軍人は多い。

うちの大隊長も私腹は肥やしていないはずだが、勝手なことはしている。

「多少の密輸は役得として黙認されるところだが、品物が品物だけに皇帝の逆鱗《げきりん》に触れたようだな。皇帝は禁薬の根絶に熱心だ」

世情に疎い上にやたらと処刑したがるボンクラ皇帝ではあるが、大筋ではまあまあ妥当な政治をしてるんだよな。だからみんな従っている。

「そこで皇帝はテルゼン提督に対して査問会への出頭命令を出したが、彼も警戒していて出頭命令に応じない。皇帝はテルゼン提督に謀反《むほん》の意図ありと判断し、水面下での抹殺を決定した」

「それなら他の艦隊を動かして港湾封鎖してしまえばいいのでは？」

海軍の問題を陸軍に処理させるなよ。いや、こういう発想はお役所的か。気をつけないと。

すると大隊長は苦笑する。

「聡明《そうめい》なる皇帝陛下は海軍そのものに不信感を抱いておいでのようでな。他の提督がテルゼン提督に肩入れし、大規模な謀反につながる可能性を危惧しておられる。暗殺するのも法的に処罰した場合の反響が予測しづらいからだ」

皇帝の軍隊なのに皇帝が信用できなくなったら終わりだよ。やっぱりこの国、もう長くないな。

俺は軽く溜め息をつきつつ、こう答える。

「で、帝室直属の我々に勅命《ちょくめい》が下ったということですか」

「そうだ。『ユオ・ネヴィルネル』の件で情勢不穏な我が大隊が、海軍同様に皇帝から不信感を抱かれてはまずい。予算や人員を削減されたらお前たちを守りきれん」

皇帝を小馬鹿にしつつも、結局は皇帝の威光頼みなのが帝室儀礼大隊の悲しいところだ。立場を強めようとすると、どうしても皇帝派の動きになる。

でもこの国、もう長くないんだよなあ……。困った話だ。

「そこで今回、抹殺命令を受領する代わりに権限と戦力の拡充を要求した。現役の海軍提督を抹殺するんだから当然だろう？」

そう言って大隊長はニヤリと笑う。

「我が帝室儀礼大隊は歩兵二個小隊、およそ百人の戦列歩兵を割り当てられることになった。中隊にも満たないとはいえ、これだけいれば組織的な警備や巡察が可能になる」

大隊だから本当は五百か六百欲しいところだが、実戦部隊じゃないから文句は言えない。大隊本部の衛兵としては十分な規模だ。

それにしても思い切った部隊改編だ。百人もの兵士をどこから引っ張ってくるんだろう。

俺の疑問が顔に出たのか、大隊長は腕組みしたまま横を向く。

「まあ、そいつら廃兵なんだけどな。負傷や高齢で通常の部隊から弾かれた連中だ。行軍に随伴できない」

「大丈夫なんですか、それ」

すると大隊長は事もなげに言う。

「行軍や銃剣突撃では遅れを取るかもしれないが、うちの大隊でそんなことやらんだろう。普段の任務は大隊本部の警備や銃殺刑の執行だし、外に出るとしても帝都内の巡察くらいだ」

「まあ確かに」

歩兵にとって一番重要なのは歩くことと走ることだが、うちの場合は銃が撃てればそれでいい。

「第二中隊と第三中隊にそれぞれ一個小隊を割り振る。尉官のお前たちなら四人までは勝手に借りていっていいぞ」

「それは助かります。今回の任務でも借りられますか？」

「必要ならそうしてもいい。ただし、通常の兵ほどの働きは期待するなよ」

着剣したマスケット銃を担いだ兵士が四人も随伴してくれれば、周囲に与える威圧感が全然違う。今後は仕事がやりやすくなるな。

まあ四人だろうが五十人だろうが、どのみち戦力としては足りない。相手は海軍の提督だ。

「それと帝室儀礼大隊は独自の捜査権と裁判権を持つことになった。今後はいちいち他部署にお伺いを立てる必要はない。尉官くらいなら問答無用で逮捕していいぞ」

秘密警察じゃん。いつ革命が起きるかわからないこの国で、政治の暗部を担うことになってしまった。

俺は背筋に冷たいものを感じたが、他に選択肢がないことも理解している。俺たちは皇帝直属の首切り役人だ。頼れるものといったら皇帝の権威しかない。

大隊長は俺を見つめて微笑《ほほえ》む。

「さて、お前の手札を増やせるだけ増やしてやったぞ。これでテルゼン提督を排除できるか？」

「自信はありませんが、やるしかないでしょう。少々お騒がせするかもしれませんが」

「構わんさ。後始末は私の仕事だ」

机に頬杖《ほおづえ》をついて、大隊長は明るい口調で言う。

「大抵のことは私が握りつぶすから、テルゼン提督の命だけ刈り取ってこい。ただし無理はするな」

「無理なんてしたことありませんよ」

「よく言う」

大隊長が苦笑すると、ユギ中隊長までクスクス笑った。

「私が監督しておきますから大丈夫ですよ、大隊長」

「お前はお前で不安材料なんだが、この二人を無事に連れ帰ってくれ。我が大隊になくてはならない人材だ。無論、お前もな」

「あら嬉《うれ》しい」

楽しそうだな、この上官たち。

ユギ中隊長は俺たちを振り返ると、まるでピクニックにでも行くかのように楽しげに言う。

「じゃあ具体的にどうするか、今から相談しましょうか」

「そうですね」

ユギ大尉は大隊長室の会議机に地図を広げる。

「テルゼン提督は南方艦隊司令という立場上、南方艦隊の母港があるゼラーン湾周辺の海域を拠点にしています。この一帯は交易の要衝でもあります」

交易の要衝に艦隊を持っている人物が密輸を始めたら、そりゃ儲《もう》かるだろうな。

「ただ、船というのはあっちこっちに移動しますから、湾内のどこにいるかは誰にもわかりません。本人も旗艦に座乗しているかもしれませんし、母港の艦隊司令部にいるかもしれませんし、別の船で出かけているかもしれません」

人工衛星どころか航空機すら存在しない時代なので、船の機動力は空を飛んでるのに等しい。沖合に出られたら捕捉できない。厄介な相手だ。

ユギ大尉は困ったような顔をしている。

「目の前に連れてきてくれたら、一瞬で息の根を止めてみせる自信はあるのですが……」

この人怖いよ。いや、処刑部隊の中隊長としてはこれでいいのか。

俺にはそんな芸当はできないが、上官の悩みを解決することはできるかもしれない。

「テルゼン提督は密輸の元締めでもあります。そちらから攻めてみては？」

「ああ、では私たちも何か密輸してみましょうか。どんな武器がいいですか？」

「いえ、武器はやめておきましょう。かさばりますし、数が必要ですから」

暗器なら一つあれば十分だが、兵器は一つあっても意味がない。

俺はどう説明するか悩んだが、めんどくさいので軍人らしくストレートに言うことにした。

「中隊長殿を密輸します」

「はい？」

きょとんと目を丸くするユギ大尉。

後ろで大隊長がクックックと楽しそうに笑っている。あっちは俺の意図をお見通しのようだ。

「いいぞ、さすがはフォンクト中尉だ。続けてくれ」

「はい、大隊長殿」

俺は説明を続けることにする。

「禁薬の密輸が帝室によって潰された以上、テルゼン提督は新たな収入源を確保せねばなりません。帝室と和解するにしても、逆に反乱を起こすにしても、莫大《ばくだい》な資金が必要です。ですが禁薬以上に儲かる商品はそうそうありません」

宝石や香辛料もそれなりに儲かるだろうが、合法な商品は旨《うま》みが少ない。競争相手が多数いると市場原理が機能する。暴利を貪るには物足りない。

艦隊を動かせるテルゼン提督にとっては、やはり違法な商品の密輸が一番「おいしい」

はずだ。

「正統帝国では取引が違法で、しかも航路での密輸に旨みがある商品といえば、やはり人間でしょう」

大隊長がうなずく。

「確かにな。陸路では時間がかかり過ぎるし、逃亡の恐れもある」

「幸《さいわ》い、中隊長殿は美人ですし、外見からは武人だとわかりません。もっと別の人材として売り込めば、テルゼン提督に接近できるかもしれません」

すると中隊長がニコッと笑った。

「ああ、つまり夜伽《よとぎ》用の愛玩奴隷として寝所に潜り込む訳ですね」

まあそうなんだけど、俺がいろいろ配慮したのが完全に無駄になったな。言葉選ぶのに苦労したのに。

ていうか、なんであんなに嬉しそうなの。

そこにクリミネ少尉が口を挟む。

「南部では闇市場での人身売買が盛んですから、テルゼン提督は既に手を出しているかもしれませんね。ゼラーン湾には遠方のカルダハルやシャオ大朝国からも『商品』が運ばれてくるそうです」

南部の闇市場に詳しい準貴族の令嬢って何者なんだ。

俺は考え込む。

「となると、商品に付加価値をつけないといけないな。ただの美人では弱い」

「ただの美人ですって」

ユギ大尉が嬉しそうにクリミネ少尉の肩を揺さぶっている。クリミネ少尉が脳震盪《のうしんとう》を起こさないか心配だ。

そのクリミネ少尉がさらに言う。

「付加価値でしたら、お化粧でお姫様っぽくできますけど……」

「貴官が？」

「はい」

「待て、貴官が化粧してるのを見たことないぞ」

「何言ってるんですか、化粧は普段からしてますよ」

知らなかった。あまりにも自然なので……いや待て待て。

「『ユオ・ネヴィルネル』に変装したときはメイク落としてただろ？」

「はい、さすがに」

違いがわからん……。

俺が困惑していると、女性陣がヒソヒソやりはじめた。

「見たか、クリミネ少尉。男なんてこんなものだ」

「ええ～？　フォンクト中尉殿なら気づいてると思ったんですが」

「リーシャちゃんのお化粧が上手《じょうず》だからですよ」

居心地《いごこち》が悪い。

仕方ないので素直に謝罪する。

「鈍感ですまない。クリミネ少尉は元々の顔立ちが整っているから、俺では気づけないようだ」

謝罪ってこんな感じでいいんだろうか。わからん。

またヒソヒソ話が始まる。

「聞きましたか、大隊長殿」

「取り繕い方としては悪くない方だ。だが油断するな、さりげなく顔を褒めてきたぞ」

「はい、そういうところが中尉殿っぽいんですよね……」

やっぱり居心地が悪い。

クリミネ少尉は俺に向き直ると、ニコッと笑う。

「中尉殿」

「なにかな」

「整っているというと、具体的にどのようなところがですか？」

えー……？

俺は助けを求めるように大隊長と中隊長の顔を見たが、二人とも難しい顔をして書類を読んでいた。そんな書類いつ出した。

どうやら孤立無援らしいので、俺はクリミネ少尉の顔をじっと見つめる。

……困ったな。

俺は顔の造形よりも表情に魅力を感じるので、あんまり笑ってくれないクリミネ少尉には少し苦手意識がある。

顔をまじまじと見ているとなんだか文句を言われそうだし、観察が足りなかったのは事実だろう。

とはいえ、この場をうまく切り抜けないと任務にまで支障が出かねない。戦友との信頼関係は何よりも重要だ。

負けるな俺。二回分の人生経験を生かせ。

「こうして改めて見てみると、貴官は眼《め》が綺麗だな」

「そ、そうですか？」

「『ユオ・ネヴィルネル』に変装していたとき、万が一に備えて顔にも泥を塗っていただろう？」

あのときは頭から袋を被《かぶ》せて偽装していたが、誰かが袋を取った場合も考えて顔にも偽装を施していた。俺が手伝ったので覚えている。

「あのときは間違いなく化粧を落としていたはずだが、それでも貴官の美しいまなざしは隠《かく》しようがなかった。あれは間違いなく生来のものだな」

クリミネ少尉はちょっと落ち着かない様子で、上目遣いに俺をチラリと見る。

「続けてください」

なんで少尉が中尉に命令してるの。いやまあ同僚だからこれくらいいいけどさ。

「あと顔立ちとは直接関係ないが、貴官の黒髪は艶《あで》やかすぎて困ったな。本当は灰を溶いた水で汚してボサボサにする予定だったんだが、どうしてもできなくて結局そのままにしてしまった。あれじゃ一発でバレてしまう」

クリミネ少尉が驚いたような顔をする。

「あれ、そうだったんですか？」

「中途半端な仕事をしてしまったと反省しているが、後悔はしていない。あれは無理だ」

この辺りの甘さが軍人として致命的な気がする。任務よりも重要なものを持っている者は任務を達成できない。かもしれない。

「あと、貴官はうなじが綺麗だな。先日、準貴族の夫婦に偽装したときに驚いたよ。詰襟の軍服もいいが、ドレスが似合う。これも化粧とは関係ないが」

「うなじ……ドレス……」

「そんな目で見るな。続けろと言ったのは貴官だぞ」

クリミネ少尉は骨格そのものが美しいので、皮膚の薄い部分に美が集約されている。骨格フェチであり筋肉フェチである俺にとっては、ちょっとまぶしい存在だ。

言うとセクハラになりそうだから言わないけど。

するとクリミネ少尉は何度か小さくうなずいた後、ニコッと笑った。

「許します」

「ありがとう」

許された。

すかさず大隊長がコホンと咳払《せきばら》いをする。

「やっと済んだか。では動け」

「はっ」

俺たち三人は敬礼した。

……いや、任務受領前にこんなやり取りは必要ないよね？

＊　＊

帝国海軍南方艦隊司令、テルゼン提督の暗殺。

ただの首切り役人には少々荷の重い仕事だ。

とはいえ、やらなければならない。

「さすがに資料は綺麗に揃っているな」

クリミネ少尉がユギ中隊長にメイクをしてくれるらしいので、俺は自分の執務室で資料をチェックしていた。

大隊長が用意してくれた資料は、大きく分けて三種類。

一つめは、テルゼン提督の個人情報。

二つめが、南方艦隊の規模や能力について。

最後が、艦隊拠点のゼラーン湾の地理だ。

テルゼン提督は貴族将校だが、実家は南部の小領主で家格も低い。要するに成り上がり者だ。

海賊退治や密輸の摘発で着実に実績を積み上げ、海軍内部での派閥闘争にも勝利して提督の座を獲得した。

……ということになっている。

「『テルゼン提督が派閥闘争に勝てた最大の要因は、豊富な資金力と推定される』……か。密輸で得た資金力だろうな」

密輸の摘発をしつつ、自分が密輸をして稼いでいた訳だ。商売敵を潰せるし、軍人としての実績にもなる。狡猾《こうかつ》な男だ。

麾下《きか》の南方艦隊は現在、航路の警備と南方諸島の反乱鎮圧を主任務としている。そのため艦隊はいくつかの小艦隊に分けられ、輪番で各地に派遣されている状態らしい。平時の運用だな。

「後はゼラーン湾の地理か……細かい数字まで載ってるな」

俺は資料を読み、それから出典の欄をチェックする。前世の癖だ。

「陸軍測量局港湾管理課の内部資料？」

儀礼大隊は陸軍だから当然か。下手に海軍測量局に問い合わせると、テルゼン提督の耳に入る可能性が高い。

それにしても、よく部外秘の資料を引っ張ってこれたな。大隊長怖い。

「うーん……」

俺は微妙に不安を感じて腕組みする。

陸軍と海軍。

測量。

「これはちょっと引っかかるな」

そうつぶやいたとき、ドアがノックされていきなり開いた。

「入りますよ、フォンクト中尉」

「もう入ってるじゃないですか……うわぁ」

俺はユギ中隊長の姿を見て思わず声をあげてしまった。

だってそりゃそうだろう。普段は黒い軍服の連中がうろうろしている殺風景な場所に、チャイナドレス風の美しい踊り子が降臨したんだから。

「本当にユギ中隊長殿ですか？」

「声でわかりませんか？」

「わかりますが、あまりにも印象が違いすぎて……」

ユギ中隊長の目尻や唇は化粧で強調され、普段以上に艶めかしい。

さらに長い黒髪を結い上げて、肌も露《あらわ》なチャイナドレスを着ている。どこの世界にもこういうのが好きな人はいるから、最終的に同じものが出てくるらしい。俺も大好きだ。

不自然なくらいに胸元を強調する構造になっていて、視線が吸い寄せられる。そこから腰のラインに視線が導かれ、えげつない切れ込みのスリットから太股へと視線が引っ張られる。

……これ、かなり意図的な視線誘導だな。

「中尉殿、鼻の下が伸びまくってますよ」

ユギ中隊長の背後から顔を覗かせたクリミネ少尉が、誇らしげかつ不満そうな顔をしている。なんだあの表情。

「クリミネ少尉、これ本当に貴官がやったのか？」

「ええまあ。実家を出ると自分で化粧しないといけなかったので、自然と覚えました」

貴族は化粧どころか着替えや入浴すら侍女任せだと聞いたことがあるが、軍人のクリミネ少尉はそうもいかないのだろう。

「あ、でも髪を結うのは普段やってないので見よう見まねです。もう少し練習しておきます。それと衣装ですけど、中隊長殿の私物なんで私のせいじゃありません」

「いや素晴らしいよ。本当に……」

眼福だと言いかけたが、俺は隙のない男なので素早く口を閉ざす。

しかしユギ中隊長はその……豊満だなあ。目のやり場に困るけど、任務と割り切ってちゃんと見ておく。

ユギ中隊長は微笑みながら腰をくねらせる。

「フォンクト中尉は気づいたようですが、この衣装は視線を胸から脚へと導くように作られています。視線が下がりきったところで攻撃すれば、真正面からでも奇襲が可能なんですよ。それに丸腰に見えますが、この状態でも暗器を複数隠し持っています」

「なるほど」

説明が頭に入ってこないが、確かに俺の視線は下がりきっていた。

俺は意思の力で視線を上に持ち上げると、何事もなかったような顔をして口を開く。

「これなら標的も警戒を解くでしょう。変装としては完璧だと思います」

「それなら安心しました」

艶然と微笑むユギ大尉。クリミネ少尉も微笑み、二人はうなずき合う。

「じゃあ、ここからはお楽しみタイムですね」

どういう……意味だろう？　なんだか今日は仕事が非現実的すぎて思考が追いつかない。

するとクリミネ少尉が俺の左腕を取った。

「今度は奴隷商人の変装をしましょう」

「俺のことか？　しかし……」

別にそっちはどうでも良くないか？

民間人に変装するのはときどきやってるし、外見を取り繕うよりも奴隷商人としての知識を仕入れる方が重要な気がする。

しかしユギ大尉が俺の右腕を取る。

「上官の私が恥を忍んでここまでしたんですから、フォンクト中尉も覚悟を決めてくださいね」

格闘術の達人であるユギ大尉に利き腕を取られてしまうと、もう逃げることはできない。過去に組み手でさんざんしごかれたので無駄な抵抗はしない主義だ。

「ではこれに着替えてくださいね」

机上に置かれた布包みがハラリと解かれた。

＊　＊

「小官がこんな格好をする必要があるんですか？」

俺は姿見の前で困惑していた。

鏡に映っているのは、どこからどう見ても怪しい東洋風の男だ。

丸いサングラスに黒いパオを着ているだけでも怪しさ爆発なのに、このパオときたら竜の刺繡《ししゅう》入りだ。どこで売ってるんだ、こんなもん。

そしてユギ大尉がニコニコ笑っている。

「それはシャオ大朝国の民族衣装です」

「なるほど」

でもこれ、堅気の人は着ませんよね？

俺はパオの裾を摘んで溜め息をついたが、直属上官の命令では逆らえない。

「私たちの髪色や顔立ちはシャオ人に似ていますから、はるばるシャオ大朝国から来たことにしましょう。この程度の変装でも帝国人には見分けがつきませんよ」

やっぱりこの世界にも東洋風の国があるんだな。和風じゃなくて中華風だが。

「ただフォンクト中尉の顔はどう見ても善人ですから、その黒眼鏡《めがね》で隠します」

「他に方法はなかったんですかね……」

「大丈夫、ちゃんと悪人に見えますよ」

嬉しくないです。

でもユギ大尉とクリミネ少尉は嬉しそうだ。

「中尉殿ってこういう衣装も似合いますよね！」

「ええ、本当によくお似合いで」

だから嬉しくないんですってば。

「フォンクト中尉、これもどうぞ」

ユギ大尉から扇子を渡されたので、シャッと開いて顔の下半分を隠してみせる。小道具を渡されると何か面白いことをしなきゃと思うのだが、これはたぶん前世の影響だ。

「いかがです？」

「うわぁ……これは効く……」

クリミネ少尉が額を押さえてのけぞる一方、ユギ大尉は不思議そうな顔をした。

「帝国の男性は階層を問わず扇子を使いませんが、ずいぶん手慣れているのですね？」

「これくらいなら見よう見まねでどうにでもなります」

無難にごまかしておく。そういえば正統帝国では貴婦人しか使ってないから、この仕草は女性特有のものだ。

しかしこれでこの世界にも東洋文化があることがわかったし、ユギ大尉がそれに詳しいこともわかった。もう少しいろいろ聞いてみたいな。

「中隊長殿、偽装するからには徹底的にやりましょう。シャオ大朝国についてもっと教えてください」

「ええ、いいですよ。それにしても意外と乗り気なので驚きました。フォンクト中尉は真面目《まじめ》ですから、嫌がると期待……いえ懸念していたのですが」

今なんて言った？

この人、俺を玩具にしてないか？

クリミネ少尉がクスクス笑う。

「もしかしてその格好、気に入りました？」

そういう訳じゃないんだけど。

俺はいつも意地悪ばかり言う生意気な後輩に、扇子越しにニヤリと笑いかける。

「そうだな、貴官も売り飛ばしてしまおうか？」

「はっ……はぃ……」

軽い冗談のつもりだったが、クリミネ少尉は消え入るような声でうつむいてしまった。

ごめん、悪ふざけが過ぎたようだ。非合法な人身売買が実際に横行している国だと、この冗談は悪質だな。気をつけよう。

ふと振り返ると、ユギ大尉が苦笑している。

「貴官は本当に悪い男ですねえ」

「申し訳ありません、小官が軽率でした。改めます」

「いえ、改めなくていいので私にもしてください」

俺はこの人が何を言っているのかわからないのだが……。

とりあえず俺は扇子で顔の下半分を隠して、ユギ大尉に問う。

「ところで中隊長殿」

「なんですか？」

「今回の任務で気になることがありますので、『表の顔』で軽く調査したいのですが」

「あら、じゃあまた小道具を貸しましょうね」

やけにニコニコしながらユギ大尉がうなずいた。

＊　＊

正統帝国の海軍は陸軍の一部隊として発足し、当初は沿岸警備と海賊退治を主任務としていた。

……と、士官学校で習った。

やがて艦隊決戦や洋上からの砲撃などもするようになり、数十年前に海軍として独立した。そのため規模は小さく、組織としても新しい。

帝都には海軍司令部の支部があり、陸軍や外交通商部との連絡調整を担当している。

その支部に変な軍医がやってきた。

まあ俺なんだが。

「どうも、陸軍軍医のロキソン・ボルターレン中尉相当官と申します。内科をやっております」

俺は『表の顔』で名乗りつつ、往診鞄《おうしんかばん》をごそごそ漁《あさ》る。

「はあ……」

支部の下士官たちが怪訝《けげん》そうな顔をしているが、俺は気にしない。

「地中の瘴気《しょうき》をご存じですかな？　縦穴には有毒な瘴気が溜まっていることがありまして、入った者を絶命させるのです」

「いえ……」

事務方の下士官たちは困惑しきっているが、なんせこっちが中尉相当官だから追い返すこともできずにいる。事前に調べておいたが、今日は将校が会議と出張で全員不在だ。

俺はなおも往診鞄をごそごそやりつつ、一方的にしゃべりまくる。

「その瘴気にやられた工兵中尉を治療したのですが、薬石効《やくせきこう》なく亡くなりましてな。まあ人の生死というものはままならぬものなので仕方ないのですが、この御仁が地図を託されまして」

「あの、それが海軍とどういう関係が？」

「おお、それなのです！」

俺は借り物の眼鏡をクイクイやりつつ、下士官の一人に詰め寄る。

「この工兵中尉、海軍測量局から精密地図の複製を借りたそうでして。ご存じの通り、精密地図といえば軍事機密。必ず返却せねばなりません。……確かそうでしたな？」

「あ、はい。そうです。ですが海軍が陸軍に……」

下士官の発言を遮って、俺はまくしたてる。

「本来ならば測量局まで出向いて返却せねばならんのですが、どの支局で借りたのかわからんのです。私も原隊を長々と留守にしておけません。今回はたまたま帝都に所用がありましたので、返却に参上した次第です」

ちなみにこのしゃべり方は、前世の俺の担当教官を真似《まね》している。博識で凄い教授だったが、話はメチャクチャ長かった。

案の定、下士官は弱り切っている。他の下士官たちは関わり合いになるのを嫌がって、書類とにらめっこを始めた。

「な、なるほど、用向きは承知しました。しかし困りましたね、ここは海軍測量局とはあまり関係がなくて」

「勝手を申し上げて恐縮ですが、この後も往診がありましてな。私が持ち歩いていても良いことは何もありませんので、とにかくお返ししたい」

「それはわかるんですが」

余計な仕事を増やされたくない下士官は嫌そうにしているが、地図となれば軽く扱う訳にもいかない。渋々うなずいた。

「と、とりあえず地図を見せてもらえますか？」

「こちらです」

俺は折りたたまれてしわくちゃになった地図を取り出す。これは陸軍測量局の精密地図で、カヴァラフ地方の山奥にある湖畔が精密に記されている。

当然、下士官は困惑した。

「これ、どこの地図ですか……」

「私もよくわからんのです。地図の見方などさっぱりでして」

実際には歩兵科将校として士官学校でしごかれたので、ざっと見るだけで地形を頭に思い浮かべるくらいはできる。

でも帝国軍の軍医は軍人ではなく軍属の内科医や外科医なので、そういった訓練は受けていない。

だから「内科医のロキソン・ボルターレン」はとぼけておく。

下士官は困った様子で、地図に記された地名を指でなぞっている。

「うーん、どこの港だ？」

港じゃないよ。

「ちょっと待ってください。地図の台帳で確認します」

下士官が書類棚の一つに歩み寄り、「四号機密」と記された段から分厚い帳簿を引っ張り出す。なるほど、あそこか。

警備もユルユルだし、夜中にこっそり閲覧するくらいなら簡単そうだな。

「あー……めんどくさいな」

この下士官にとっては、俺が持ってきた地図など面倒の種でしかないだろう。

だが民生用の地図と違い、精密な測量地図は軍事機密だ。取り扱いを間違えると降格どころでは済まない可能性がある。

「なんだこりゃ、本当に見つからんぞ……」

内陸部の地図は海軍のデータにはない。陸軍が優越性を維持するために独占しているからだ。

だからどれだけ照会しても一致する地図はない。

そうとは知らない下士官は、難しい顔をして分厚い台帳とにらめっこしている。

「この地図、どれもこれも聞いたことがない地名だし、どの地図とも海岸線が一致しないぞ……」

海岸じゃないからなあ。

俺は知らん顔をしつつ、往診鞄を閉める。

「では私はこれで」

「いや待って、待ってください。これがウチの地図かどうか確認しないことには預かれません」

「そう言われましても、私も患者から預かっただけなのでこれ以上は」

「すぐに調べますから」

ここで俺は手助けを申し出る。

「一致する地名を探すだけなら私にもできそうです。手伝いましょうか？」

「ああ、じゃあお願いします」

ここまでのやり取りで警戒心を解いたのか、下士官は台帳の分冊を差し出した。

俺は分冊の中からゼラーン湾が記載されているものを選び、パラパラめくる。あった。

下士官たちがこちらを見ていないことを確かめてから、懐から紙片を取り出す。こちらも陸軍の測量地図だが、ゼラーン湾周辺だけを切り抜いたものだ。

陸軍の知るゼラーン湾と、海軍の知るゼラーン湾。

二つの地図が俺の前にある。

「うーむ、どれどれ……」

「地図、汚さないでくださいよ？」

「瀕死《ひんし》の患者だと思って丁重に扱いますとも」

この国、もう瀕死だからな。

さてと……。

俺は二つの地図を見比べる。職場の近くにあったファミレスの間違い探しゲームを思い出すな。結局、最後まで見つけられなかったっけ。

こっちは簡単そうだ。

お、あったぞ。

俺の予想通り、両者にはほんのわずかに差異があった。わずかだが決定的な差異だ。持ってきた地図の方に印を入れておく。

さて、用は済んだから帰ろう。

俺は下士官にのんびりと声をかける。

「ところでこの地図台帳、海辺のものばかりですな」

「そりゃ海軍ですから……」

すかさず俺は首を傾げてみせた。

「そうなると、これは海軍の地図ではないのかもしれませんな。件の工兵中尉は内陸での任務中だったと聞いておりますので、湖の地図かもしれません」

「ああ、もしそうなら陸軍の管轄ですね。湖には海軍がいませんから」

下士官はホッとしたような顔をしてこちらを振り向く。

「とりあえず陸軍測量局に照会してみては？」

「そうですな、患者も今際《いまわ》の際《きわ》に陸軍と海軍を間違えたのかもしれません。陸軍に当たってみましょう」

「そうですね、それがいい」

面倒事を回避できそうな流れになってきたので、下士官はそそくさと台帳を片付けはじめた。

俺は持ってきた地図を再び折りたたむと、往診鞄に突っ込む。

「お忙しいところすみませんな。お手数をおかけしました」

「いえいえ」

めんどくさい軍医が帰ってくれるので下士官はやたらと愛想がいい。

俺もにこやかに笑いながら廊下に出て、海軍司令部支部のドアをそっと閉じた。

調べておいて正解だったな。危険を冒した価値はあった。

急いで戻ろう。これは追加の調査が必要だ。

＊　＊

こうして俺たち三人は、帝国海軍南方艦隊司令テルゼン提督の暗殺計画を着々と進めていった。

といっても専従なのは俺とクリミネ少尉の二人だけなので、準備にはずいぶん手間がかかった。ユギ大尉には中隊長としての仕事がある。

あまり多くの人員を動かすと外部に察知される恐れがあるし、大隊内部に内通者がいる可能性もある。秘密を知る者は少ない方がいい。

たった二人で準備を整えているうちに、季節は早春から初夏へと移ろいつつあった。

「おい、そろそろ実行しないと上が納得せんぞ」

大隊長がぼやきに来たので、俺はぼやき返す。

「仕方ないでしょう。軍の指揮系統を通さずに外部を迂回《うかい》して工作しているので、情報一つ集めるのに何倍も時間がかかるんです」

「すまん、それは私の力不足だ」

大隊長は素直に認める。こういうところがこの人のいいところだ。

「皇帝とテルゼン提督の不和が海軍の知るところとなり、海軍全体に妙な空気が流れている。他の提督たちはテルゼン提督を公然と非難しているものの、他艦隊の艦長クラスの中には、テルゼン提督に共感する者もいるようだ」

俺は苦笑する。

「他の提督はテルゼン提督を失脚させたいんでしょう。海軍の総意はテルゼン提督寄りかもしれませんね」

「お前もそう思うか?」

「海軍は長年にわたって冷遇されてきましたし、陸軍や帝室に対する対抗心もありますから」

初期の海軍将校は海賊上がりの胡散臭《うさんくさ》い連中が多かったと聞く。今は海軍士官学校を卒業したエリートばかりだが、陸軍とは空気が違うらしい。皇帝もしょせんは「陸《おか》の人」なのだ。

大隊長は俺の机に手をついた。尻を載せると俺が文句を言うからだ。

そして俺に顔を近づけてくる。

「さて、この状況でお前はどうする?」

「ユギ大尉を無料でテルゼン提督に差し出します」

「んん?」

眼鏡がずり落ちるところを初めて見た。

「フォンクト中尉、ちゃんと順を追って説明しろ」

めんどくさいな……。

＊　＊

「めんどくさくなってきたな」

俺が思わずつぶやくと、隣にいた女性が首を傾げる。

「なんか言った？」

「いや、なんでもありませんよ」

俺は微笑みながら、ワインのボトルを手に取った。

「さあ、お飲みなさい」

「わぁ、ありがとーございまーす！」

艶やかなドレスをまとった若い女性は、嬉しそうにグラスを傾ける。

ボトル一本が庶民の年収を超えるという、そこそこお高いワインだ。確かに味はいいけど、値段を考えると素直に楽しめない。

だが俺はそんな気持ちは表に出さず、丸いサングラスをキュッと押さえる。

「せっかくですから、あと二〜三人ほど女の子を呼べませんかね？　座っているだけでいいですよ」

「うわー、お客さん羽振りがいいですね！」

いやほんと、儀礼大隊の予算がなかったらこんなこと絶対できないよ。今夜の分だけで俺の月収くらいは使ってる。

もちろん俺は平然としている。

「遊ぶときには、きちんと遊びませんと。こんな良いお店と素敵なお嬢さんには、もっとお支払いしたい」

「えへへ、照れる……。じゃあちょっと聞いてきますね」

女性が立ち上がる。

俺はふうっと溜め息をついた。

キツい。

周囲を見回すと、薄暗い店内のあちこちに酔客と美女たちの姿が見える。

前世にもこういうお店があったと聞くが、行ったことは一度もない。死ぬまで行くことはないだろうと思っていたし、実際そうだった。

だというのに、死んでから行く羽目になるとは。異世界転生は驚くことばかりだ。

それにしても居心地悪い。

なにもかもユギ大尉のせいだ。

『まずはテルゼン提督の縄張りで金の匂いを振りまき、向こうが接触してくるのを待ちましょう。フォンクト中尉は遊び方が綺麗ですから、すぐに噂《うわさ》になりますよ』

『えっ⁉　中尉殿、そういうお店に行ったことあるんですか⁉』

『ある訳ないだろ⁉　俺たちの安月給でどうやって行くんだ⁉』

『ですが、マイネン中尉はときどき行ってたみたいですよ？』

マジかよあの野郎。だが俺を一度も誘わなかったのは慧眼《けいがん》だ。あいつはやっぱり、俺のことをよくわかっていたんだな。

ユギ大尉が苦笑する。

『ええと、説明を続けてもいいですか？』

『はい、申し訳ありません』

『後は海軍の下士官や将校たちにお酒を奢《おご》ったりして、親しくなってください。相手の懐に潜り込むのは得意ですよね？』

どっちかというと人見知りする方なんですけど……。

『得意ですよね？』

有無を言わせない笑みだった。

怖い。

以上、回想終わり。もう思い出したくもない。

確かに俺は他の客と違い、お店の女の子には指一本触れていない。酒場を変えながら毎晩現れ、大金を払って淡々と酒を飲むだけだ。

ちなみに俺の背後には、執事っぽいスーツ姿のクリミネ少尉が立っている。俺たちは「シャオ大朝国から来た変な金持ちと、その付き人」という設定で夜の港町に繰り出しているのだ。

ユギ大尉は「商品」なので、ここにはいない。腕っ節が頼りになるからいてほしかったんだが、まあ仕方ない。

ふと振り返ると、クリミネ少尉が俺をジト目で睨《にら》んでいた。

「お上手ですね、『旦那様』」

無数の銃剣を突きつけられているような威圧感がある。俺が何をしたっていうんだ。

クリミネ少尉はわざとらしく溜め息をつく。

「本当にこういうお店、来たことなかったんですか？」

「初めてだよ。興味もない」

俺はワイングラスを傾け、極上の美酒をちびりと舐《な》める。

「高い酒を楽しむときには一人がいい。安い酒なら男友達《おとこともだち》と飲むのがいい。どちらにしても美女は不要だ」

「じゃあ私、『旦那様』とは一生飲めないじゃないですか」

自分が美女だという自覚はあるんだな。確かに美人だけど。

俺は苦笑してみせる。

「『お前』と飲むなら茶がいいな」

クリミネ少尉の顔がパッと明るくなる。

「それってもしかして、生涯添《そ》い遂《と》……」

「物凄《ものすご》い絡み酒だと聞いているぞ」

その瞬間、また物凄い仏頂面に戻った。

「あーへいへい。そうですよ、絡みますよ」

やっぱりそうなんだ……。大隊長が「クリミネ少尉と酒を飲むなら覚悟しておけ」と言っていたのは事実らしい。

絡み酒の人とはあんまり飲みたくないな。前世の職場にも酒癖の悪い先輩が複数いて、俺はとうとう酒の匂いを受け付けなくなってしまった。

トラウマを克服し、酒好きに戻れたのは転生してからだ。

俺はもう一口、ワインをちびりと飲む。甘くて香り高くて、スッと喉を滑り落ちていく。

「確かに美味《うま》いな」

保存技術や流通の未発達なこの世界で、こんなに美味いワインが飲めるなんて思わなかった。とんでもなく高いのも納得がいく。

のんびりとワインを味わいたいところだが、そこにさっきの女性が戻ってきた。

「空いてる子みんな連れてきちゃったけどいい？」

四……いや五人いる。年齢も容姿もいろいろだから、本当に根こそぎ動員をかけてきたらしい。

俺は薄く笑いながら、彼女たちをソファに招く。

「構いませんよ。適当に座って好きな酒を飲んでください」

「ありがとうございまーす！」

ああ、職場の飲み会を思い出す……。

あとクリミネ少尉は俺を睨むのをやめなさい。

これも考えがあってのことだから勘弁してくれ。

気まずい酒をしばらく舐めていると、酒場の入り口で酔っ払いの声が聞こえてきた。

「ネエちゃんが一人もいないってのは、どういうことなんだ⁉」

「すみません、もうみんなお客さんについてまして」

振り返ると、黒服の店員が船乗りっぽい連中をなだめていた。ナイフやマスケット拳銃をベルトに差していて、ちょっと物騒な雰囲気だ。

海軍では民間の船乗りを私服のままで水兵として雇うから、あれが水兵かどうかはわからない。ただ酒場に来るときでも武装しているのは、軍人でなければ海賊だろう。

そのうちに船乗りの一人が俺に気づく。

「おい、あそこで五……六……七人も侍らせてる外国人がいるぞ」

クリミネ少尉もカウントされてる気がする。

「なんだクソ、ふざけやがって」

「ありゃシャオ人か？」

すかさず俺は彼らに声をかける。

「あんたたちは船乗りのようだが、今はどこの船に？」

「ああん？　ここの海軍だよ、海軍！」

本当かな？　まあいい、海軍だっていうのなら声をかけてみよう。

「こっちに来て一緒に飲まないか？　美女もこんなにいるぞ？」

演技とはいえ、こういうのなんか嫌だな……。仕事だから仕方ないけど。

彼らは顔を見合わせていたが、やがてぞろぞろこっちに歩いてきた。

「あんた変な格好だな！　もしかしてシャオ人か⁉」

声がデカい。職業柄かな。

「いかにも、あんたらがシャオ大朝国と呼んでる国さ。俺たちシャオ人はシャオユンターサと呼んでるがね。俺のことは『正直者のウォンさん』と呼んでくれ」

ユギ大尉の話だと、シャオ人は帝国風の呼び方をあまり好まないらしいので、わざわざ訂正しておく。

偽名は普段の偽名である「フォンクト」と響きを似せておいた。仕事柄、偽名がどんどん増える。

「ま、それはいい。こっちに来て好きな子と話せよ。酒代は俺の奢りでいい」

「おう、えらく気前がいいな！」

だから声デカいって。

俺はサングラスをちょっとずらし、苦笑してみせた。

「シャオユンターサ風に女の子たちを呼べるだけ呼んでみたんだが、考えてみたら俺の船には『大砲』は一門しか積んでないんだ」

どっと笑う船乗りたち。

「おいおい、そんな船じゃ海賊に襲われちまうぞ！」

「じゃあお前、二門積んでるのかよ？」

「バカ言え、だが俺のは攻城砲だぜ！」

下ネタが受けるんだよな……。

クリミネ少尉がドン引きして俺を見ているが、ここでボロを出す訳にはいかないので軽く手を振っておく。ああ嫌だ、後でまたネチネチいびられるぞ。胃が痛くなってきた。

俺は船乗りが愛飲する糖蜜酒のボトルを手にして、ニコリと笑う。

「では俺たちの『大砲』が今宵《こよい》轟《とどろ》くことを願って、乾杯といこう」

俺はやらないけどな。

＊　＊

「シャオの旦那、俺もそろそろおいとまするぜ！」

女の子の肩を抱いた水兵が敬礼する。

ほんの一時間ほどの酒宴だったが、彼らの心をつかむことに成功したようだ。

糖蜜酒の特級をガバガバ飲ませて、女の子たちに好かれるように話を振ってやったんだから、少しは感謝してもらわないと割に合わない。疲れた。

俺はニコリと笑って軽く手を挙げる。

「ええ、良い夜を」

この酒場は吹き抜けになっていて、二階部分はホテルのように個室が並んでいる。気に入った女の子を連れて入れる仕組みだ。もちろん別途料金が必要になる。

ふと気がつくと、酒場の女の子たちは全員いなくなっている。数がぴったりで助かった。

「とりあえず今夜はこれくらいかな。支払いを済ませて帰ろう」

するとクリミネ少尉が俺をジットリとした目で見つめてきた。

「帰るんですか」

「水兵たちはしばらく戻ってこないぞ。だいぶ酔ってたし、朝まで寝てるんじゃないか？」

彼らを懐柔するにしても、今夜はこれくらいが潮時だろう。

クリミネ少尉は不機嫌そうだ。

「本当に人の心に入り込むのが得意なんですね」

「そうしないと生きていけない半生だったからな……」

前世も含めて、周囲の顔色をうかがいながら生きてきた。

周囲に誰もいないことを確認して、俺は小さな声でそっと続ける。

「俺の故郷は貧しい村で、俺の両親は小作人だった。地主さんは良い人だったが、地主の息子がクソ野郎でな。あいつが後を継いだら暮らしにくくなると思って、俺は故郷を出たんだ」

あと現代人の俺には、辺境での生活が合わなかったというのもある。特にトイレとかが非常にキツかった。

士官学校もキツかったが、ベッドで寝られる生活を手に入れたので多少マシになった。

今は将校としての待遇があるので、かなりマシになっている。ただ、クーラーがないのだけは未だに慣れない。

クリミネ少尉は珍しく申し訳なさそうな顔をした。

「すみません、私ったら……」

「気にするな。生きていれば誰だって辛いことはある。君もそうだろう？」

準貴族のお嬢様が処刑部隊で将校なんかやってるんだ。何か事情があることくらいはわかる。

俺はグラスに残っていたワインを飲み干すと、クリミネ少尉に笑ってみせた。

「不幸自慢なんかしても意味がない。媚《こ》びへつらう人生で得た力だが、今夜は役に立った。きっと今後も役立つだろう。だったらそう悪い話じゃないよ」

「『旦那様』……」

クリミネ少尉が何か言いたげな表情をしているが、これ以上居心地の悪い思いをさせても気の毒だろう。

俺は立ち上がると、店員を呼んだ。

「帰ります。支払いをしたいのですが」

分厚い伝票を持って店員がサッとやってきたので、俺は請求額に少し上乗せして支払う。

「上の階の水兵たちが帰るときに、これで軽食でも包んでやってください。『シャオユンターサのウォン』の奢りだと」

「は、はい。必ず」

「ありがとう。これは手間賃ですよ」

俺はにっこり微笑み、彼にも銀貨を握らせた。

＊　＊

こんな何の面白みもない夜遊びを繰り返すこと数日。

「あの、『旦那様』？　そろそろ軍資金がなくなりそうですよ」

「バカみたいに散財したからな……」

俺の月給くらいの額を毎晩使っているので、さすがに持参した金がなくなりかけている。

こんなにお金を使って楽しくないなんて自分でも信じられない。どうやら俺はこういう遊びには全く向いていないらしい。

「さて、どうしたものか」

ここは港町だから銀行もあるが、現代の銀行ほど便利ではないし顧客情報も管理されていない。大きな金を動かすと口座を辿《たど》られて正体がバレる危険性があった。

「いったん帰るのも手ですよ、『旦那様』。『支店』に帰ればお金も引き出せますし」

帝室儀礼大隊は帝都にしか拠点がないが、それだと困るので地方の中核都市には簡素なセーフハウスを設けている。出張処刑の拠点となる隠れ家だ。

あいにくゼラーン湾周辺にはセーフハウスがないので、いったん撤収することになる。

「仕方ない。明朝いったん戻るか。だがせっかく来たからには、今夜は少し勝負に出てみよう」

店内を見回すと、俺たちをじっと見ている連中がそれなりにいた。

その中に、海軍将校の制服を着ている連中がいる。下士官や水兵を従えて酒を飲んでいたが、遊んでいる感じではない。

「あれだな」

俺は立ち上がると、そのテーブルへと足を向けた。

「こんばんは」

「お前だな、ここんとこ毎晩あちこちで豪遊してる変なシャオ人ってのは」

大尉の階級章をつけた中年将校が俺をじろじろ見てくるので、俺は恭しく一礼してみせた。

「はい。シャオユンターサ、つまりシャオ大朝国より参りました交易商のウォンと申します。主の目が届かないのをいいことに遊んでおりました」

サングラスをずらし、にこりと笑う。

海軍大尉は渋い顔だ。

「うちの水兵どもがずいぶん奢ってもらったようだが、何を企《たくら》んでる？」

「ははは、確かにシャオ商人が何の下心もなしに酒を奢るなどとは思わないでしょうね」

ゼラーン湾に来る外国人は交易商が多い。良く言えば交渉上手で、悪く言えば狡猾だ。だから警戒される。

俺は知らん顔をして酒瓶を取り出した。

「私の心をお知りになりたければ、酔わせてしまえばしゃべり出しますよ」

俺が出した瓶のラベルをちらりと見て、大尉は鼻を鳴らす。

「まあいいだろう。ただし妙な真似をすれば、お前の放蕩《ほうとう》も今夜で終わりになるぞ」

いや、どのみちもうお金がないんです。

俺は内心で苦笑しつつ、ブランデーの瓶とグラスを置いた。

「将校殿のお言葉、肝に銘じましょう。ささ、まずは乾杯から」

「ふん……。おい、こいつは『火竜印』の三十年物だな？」

「ええ、そうです。さすがにお目が高い」

三十年熟成の最高級品なので、クリミネ少尉が生まれる前から樽《たる》で寝ていた酒だ。当然、ものすごくお高い。海軍大尉程度では手が出ない贅沢品《ぜいたくひん》だ。

グラスにとくとくと注がれていくブランデーに、将校や下士官たちの視線は釘付《くぎづ》けだ。

「おお、なんて色してやがるんだ……」

「香りがすげえ」

「大尉殿、俺たちもお相伴に与《あずか》れるんでしょうね⁉」

「知らんよ、そいつに聞け」

俺はグラスを片手に微笑む。

「もちろん、この場にいる全員で乾杯しましょう。航路を守る英雄たち、栄光の帝国海軍に乾杯」

「……おう」

顔を見合わせ、なんとなくぎこちない手つきで乾杯する海軍の軍人たち。

そして警戒心剥《む》き出《だ》しだった中年大尉が、俺の肩を叩きながら「よーし、そんなら俺に任せとけ！　テルゼン提督に会わせてやる！」と豪語したのは、しばらく後のことだった。

第五章
赤く染まる海

ゼラーン湾の軍港にある海軍南方艦隊司令部は、儀礼大隊の本部よりだいぶ立派だった。

俺はやたらと豪華な応接室のソファで、髭面《ひげづら》のいかついおっさんと対面している。

そのおっさんはというと、猜疑心《さいぎしん》丸出しの眼《め》で俺を見ていた。

「お前か、シャオから来たとかいう商人は」

こいつが抹殺対象のテルゼン提督か。聞いていた通りの風貌だ。

特に大柄という訳でも、筋骨隆々という訳でもない。よく鍛えてはいるが、ごく普通の中年男だ。

だが不思議と威圧感があり、ちょっと怖い雰囲気があった。

おそらくは彼の度胸と自信がそうさせるのだろう。

あとついでに、俺が武装した兵士に取り囲まれているというのもある。

海賊と見間違えそうな連中が俺のソファを取り囲んでおり、鉈《なた》みたいなナイフやマスケット拳銃をベルトに差して突っ立っていた。

たぶんこいつら、人を殺すことに一切の躊躇《ちゅうちょ》がないタイプだ。良い兵士といえる。一対一でも勝てるかどうか若干不安があるのに、この人数が相手じゃ勝ち目がない。しかも俺は丸腰だ。

じたばたしても仕方ないので、俺はソファに体を預けて無防備な姿を晒《さら》す。

「はい。ウォンと申します。姓はウォン、名はクトゥ。シャオユンターサ南東のリャン州出身の交易商です」

この設定はユギ大尉が考えてくれたものだ。「フォンクト中尉は絶対にリャンがいいです！　柔らかくて涼しげな雰囲気が凄《すご》くそれっぽいですから！」と力説してくれたけど、あの人ってもしかしてシャオ出身なんだろうか。

テルゼン提督は俺をじろじろ見ているが、俺はニコッと微笑《ほほえ》んでからテーブルの上の湯呑みをじっと見る。

なんで湯呑み？

普通に考えると、これはシャオ人なのかどうか試されているんだろうな。

シャオの茶の作法なんか全くわからないが、東洋風にしてれば大丈夫だろう。ユギ大尉も太鼓判を押してくれてたし。

「良い器ですな」

俺は湯呑みを手に取り、茶道の所作を真似《まね》て器を回す。もちろん横方向にだ。縦に回したらウケるかもしれないが、火傷したくない。

そして湯呑みを見て、こう言う。

「紅梅に鶯《うぐいす》とは実に風雅。もう少し早く馳《は》せ参《さん》じていれば、早春の頃にこれを拝めたのですが、我が身の不徳を恥じ入るばかりですよ」

今はもう初夏にさしかかっている。いささか季節外れの器だが、それを直接指摘するのは無粋だろう。

だが全く指摘しないと「お前、これに違和感を覚えないのか？」と言われる可能性もある。

だから気づいていることはやんわりと伝えておく。お茶を飲むのも命懸けだ。

中身は紅茶か、それに近い発酵茶だ。茶はシャオからの交易品らしい。

帝国南部なら茶の栽培も可能なはずだが、シャオが苗木の持ち出しを厳しく規制している。禁を破れば死罪だそうだ。

「良い香りです。私の知らない銘柄ですが……」

知ったかぶりはせず、素直に知らないと伝える。

「滋味が染み渡りますな。旨《うま》い」

にっこり笑ってみせる。本当は味なんかわからん。周りに海賊みたいな連中が突っ立ってるから仕方ない。

テルゼン提督らしきおっさんは、俺を見て小さくうなずく。

「ふん。シャオ人で間違いないようだな。そいつはドワジャ産だ。お前らが知ってる訳がない」

お茶で人を試すような真似はよくないと思うぞ。俺の中の利休がお怒りだ。

まあいい。とりあえず身元の証明はできたようだ。

「正統帝国海軍の南方艦隊司令、テルゼン提督ですね。御高名は遙《はる》かシャオユンターサ……つまりシャオ大朝国まで轟《とどろ》いております」

お世辞を言われるのには慣れているのか、テルゼン提督は表情を変えない。

「俺に会いたいというからには、何か面白い話を持ってきたんだろうな？」

さもなきゃ殺すといわんばかりの態度だ。やっぱり軍人というよりは海賊の首領みたいだな。

「はい。とても面白いお話を二つほど」

俺はパンパンと手を叩《たた》く。

「一つめを持ってきなさい」

俺の背後で無表情のまま小刻みに震えていたクリミネ少尉が、シャオ風の礼をして後ろにずり下がっていく。

それを横目で見ながら、俺はテルゼン提督に言う。

「提督の新しい事業として、このようなものはいかがかと」

「なに？」

テルゼン提督が片眉をピクリとさせたとき、チャイナドレスのユギ大尉が入ってきた。

「ファーユン、チャオニィ」

シャオ語で愛想良く「お初にお目にかかります」と挨拶して、ユギ大尉は片足を高々と上げる。

そしてそのまま上体をのけぞらせ、倒立から一回転してみせた。新体操であおいうの見たことがある。

チャイナドレスのスリットは大変なことになっているため、そんなアクションをすればいろいろと大変なことになってしまうのだが、見えそうで見えないのがユギ大尉の体術の凄さだ。

もっとも事前の練習中に、クリミネ少尉が「見えてます！　中隊長殿、見えちゃってます！」と叫んでいるのは何回か聞いた。俺は同席してないから知らん。さすがにそこまで付き合う義理はない。

くるりと一回転したユギ大尉は、実に思わせぶりな表情でニコリと微笑む。

「アー、ファイフェイ、ユーチー？」

時間がなかったので俺は挨拶くらいしか習得できなかったが、どうも「もっとのけぞらせて」と言っているらしい。ユギ大尉って下ネタ好きなのかな……。

「おおお……」

「こいつはすげえ」

荒くれ水兵たちの視線がユギ大尉に釘付《くぎづ》けだ。視線が全部太股の辺りに集中しているのがちょっと面白い。

どいつもこいつも隙だらけだが、俺だって初見は隙だらけになったので仕方がない。気づいたら額をつつかれて「死にましたよ？」と笑われたからな。

テルゼン提督はというと、ユギ大尉ではなく俺をじっと見ていた。こいつ、隙がないな。俺が本職の暗殺者ならこの状況でもテルゼン提督を始末できるかもしれないが、残念ながら丸腰でこのおっさんに勝つ自信がない。

クリミネ少尉の方がチャイナドレスを着て注目を集めてたらユギ大尉が始末してくれたんだが、クリミネ少尉の太股にそれほどの吸引力があるかどうかは不明だ。

世間一般の男性は俺と違って、どちらかといえばユギ大尉のような豊満なタイプが好みだからな。

「『旦那様』？」

……なんか今、背後のクリミネ少尉が物凄《ものすご》い眼で俺を睨《にら》んでいるような気がする。振り返って確認するのが怖い。

さ、仕事仕事。

俺は営業スマイルで提督に向き直った。

「いかがでしょう？　こちらはさる高貴な血筋を引く姫君……」

テルゼン提督の眉がぴくりと動いた瞬間、すかさず笑う。

「だったら良かったのですが、片田舎《かたいなか》で安く買い取った村娘です。提督に差し上げますよ」

「うん？」

テルゼン提督が一瞬、不快かつ怪訝《けげん》そうな顔をした。危険かもしれない。

だがここがチャンスだ。一瞬の心の隙を狙い、俺は微笑みを武器に踏み込む。

「泥にまみれた村娘に歌舞音曲《かぶおんぎょく》や礼儀作法を仕込み、これほどの妓女《ぎじょ》に仕上げました。素材となる娘は身売りで合法的に仕入れられますので、一人くらい差し上げても痛くも痒《かゆ》くもありませんよ」

背後で水兵たちがざわめいている。

「どういうこった？」

「こいつは何が言いたいんだ？」

鈍い連中だな。

しかしテルゼン提督だけは口をへの字に曲げてうなずいた。

「ふん、『販路』の開拓に来たという訳か」

「はい。提督の御慧眼《ごけいがん》、誠に恐れ入りましてございます」

恭しく頭を下げる。

テルゼン提督は髭を撫《な》でつつ、不機嫌そうな顔をしている。

だがあれは彼の感情を表しているものではなく、おそらくは彼のスタイルだ。不機嫌そうな態度で周囲を威圧するための仮面だろう。

だから気にしない。

さて、営業トークしなきゃ。

「シャオユンターサには貧しい農民たちが大勢おり、娘を身売りする者が跡を絶ちません。一家まとめて飢《う》え死《じ》にするよりは全員が生き残れる道を……ということなのでしょう」

俺は胸を痛めている風を装って、わざとらしく首を振ってみせる。

「愚かな奴隷商人たちは買った娘をそのまま売り飛ばしてしまいますが、私どもは違います。芸事や知識を学ばせて奴隷としての価値を高め、買われた先でも良い待遇を受けられるようにします。十タオズの奴隷を百人売るより、千タオズの奴隷を一人売る方が楽ですから」

長口上を述べてから、テルゼン提督の顔をチラリと見る。

提督は髭を撫でつつ、小さくうなずく。

「ふむ……。確かに奴隷を逃がさないように百人も運ぶのは難儀だが、一人ならたやすい。教育された奴隷ならそうそう逃げんだろうしな」

お、興味持った？　弊社の人身売買ビジネスをぜひとも御検討ください。

前世では、複雑怪奇な業界の慣習と自社規則と法律と世間の目に愛想笑いをしながら心を磨《す》り減《へ》らして仕事をしていたが、まさかその経験が役に立つとは思わなかったよ。

「はい。ですが価値ある奴隷となりますと、売り先もよく吟味せねばなりません。テルゼン提督閣下なら安心だと思い、下見もかねて……」

そのとき、テルゼン提督が腰の拳銃を抜いた。

「あっ⁉」

ユギ大尉が身構えるが、俺は片手で制する。

「落ち着きなさい。商談中です」

テルゼン提督は俺の胸元に銃口を突きつけつつ、淡々と告げてくる。

「商談は終わりだ。その取引に興味はない。お前にもな」

俺、ここで死ぬのかな……。

死ぬとしてもボロを出すのはまずい。身元が割れると最悪の結果になる。

だったら最後の最後まで「シャオ商人のウォン」として死のう。

俺はやれやれといった態度で溜《た》め息《いき》をつき、口調を変える。

「まだ『二つめ』の話が残っておりますよ。それとも、閣下が皇帝になる話などに興味はございませんか？」

「なに？」

テルゼン提督が驚いた顔をする。予想通りだ。

この勝負、俺が貰《もら》ったぞ。

俺は胸元に突きつけられた銃口を完全に無視すると、テルゼン提督の顔を正面から見据える。

「閣下が禁薬の密輸で財をなしたこと、そしてそれが皇帝に露見したこと。私の主《あるじ》は全てをお見通しでございます。その上でテルゼン提督に力をお貸しすべきか見てくるように私に命じたのですよ。取引に足る器なのかと」

媚《こ》びへつらうような笑みを捨てると、俺は扇子をシャッと開いて冷たい笑みに切り替えた。

「私はただの走狗《そうく》。ここで私が死んだところで、私の主にはいささかの痛痒《つうよう》にもなりますまい」

「ならば答えろ。お前の主は誰だ？」

テルゼン提督は俺に銃を向けたままだが、質問したということは撃つ気がないということだ。俺は勝利を確信する。

「正統帝国の皇帝を最も疎ましく思っているシャオ人といえば、もうおわかりでしょう？」

「まさか……シャオ王か⁉」

そうなの？　俺は知らないけど、そういうことならそれでもいいかな……。

もうどうしたらいいのかわからんので、相手の反応を見ながらアドリブで対応する。

俺は扇子で口元を隠したまま、余裕たっぷりの態度で攻めていく。もちろん余裕なんか全然ない。必死だ。

「私が何を申し上げたところで提督は信じますまい。ですが、今から申し上げることは正真正銘の真実。近いうちに、ゼラーン湾で提督の艦隊に勝てる者はいなくなります。艦砲の射程が三倍に伸びるからです」

とたんに提督が目をクワッと見開く。

「三倍だと⁉　馬鹿な！　適当なことを抜かすと撃ち殺すぞ！」

常識外れの数字だよな。俺もそう思う。

だが本当のことなんだよ。

俺は扇子をくるりと返した。

扇子の裏面に記されているのは、砲弾の設計図だ。交渉の切り札として用意しておいた。

「これはシャオユンターサが開発中の新型砲弾。細部は伏せてありますが、正真正銘の最高機密です。伏せてある部分については、私しか知りません」

「お前を拷問して聞き出すこともできるんだぞ？」

安い脅しに俺はクックックと笑ってみせる。

「それは良いお考えです。私は臆病者ゆえ、拷問されれば何でも話すでしょう。ただ……」

俺は扇子をパチリと閉じる。

「私を拷問して手に入る程度の情報よりも、我が主と誼《よしみ》を通じた方が遙かに利益があるでしょう。私などしょせんは使い走りの小僧ですよ」

無言のまま銃を構えているテルゼン提督。

ここで俺を撃つような男なら、どのみち皇帝を脅《おびや》かすようなことはないだろう。俺たちは死ぬが、儀礼大隊の他のみんなはとりあえず安泰だ。

どれくらいの時間が経ったのかわからないが、やがてテルゼン提督は銃口を下に向けた。

「小生意気な若造だが、そこが気に入った。その砲弾の秘密、俺にだけ聞こえるように話せ」

「はい」

俺は一礼し、それからクリミネ少尉や水兵たちを振り向いた。

「もう少し下がってください。私が妙《みょう》な真似をしたら遠慮なく撃って構いませんから、とにかく私の声が聞こえない位置に」

いかにも重大な秘密であるかのように、俺は真顔で重々しくそう言った。

彼らが少し下がったのを確認してから提督に二歩ほど近づき、扇子を恭しく差し出す。

「砲弾をドングリ型にして、表面に螺旋状《らせんじょう》の溝を刻むのです。これによって砲弾は回転し、従来よりも直進して飛ぶようになります。飛距離は増しますし、命中精度も格段に高まります」

「たったこれだけでか？」

「お疑いならこの図面を元に、銃弾で実験してみてはいかがです？　拳銃でも大砲でも原理は同じですから、海軍工廠《こうしょう》で製造できるでしょう」

「ふん……」

この時代の銃や大砲の内部はつるんとしていて、ライフル銃のような溝は刻まれていない。そのため弾道が安定しない。

これは現代の散弾銃も同様で、一粒弾《スラグ》を使ってもライフル銃ほどの飛距離と命中精度は期待できない。同じ銃といっても全くの別物だと聞いた。

だが一粒弾にライフリングを刻むことで、飛距離と命中精度は向上するそうだ。

もちろんライフル銃ほどの性能は期待できないだろうが、通常の一粒弾を撃つよりはよっぽどマシらしい。

俺は銃に詳しい訳ではないので記憶違いがあるかもしれないが、どのみちテルゼン提督がこの知識を活用する機会はないだろう。

最初の試作品が完成する前に死んでもらうからだ。

だから問題ない。

テルゼン提督は扇子を受け取ったが、猜疑心の塊のような顔をして図面を見ている。

「これが本当だとすれば、お前は無償で異国の者に軍事機密を渡したことになる。理屈が合わん」

腐っても提督だけあって、ちゃんと考えてるな。

「ああ、ちゃんと算盤《そろばん》は合っておりますので御心配なく。砲弾に溝を刻むのは、あくまでも応急的な改修でございます。砲身側に溝を刻んだものが本命でして、射程が三倍になるのはそちらの方ですよ」

俺はそう答え、さらに続ける。

「砲身内部に溝を刻んだ最新砲は、我が国で既に生産を開始しております。一部をそちらにお売りしますので、不足分はこの砲弾で補ってください」

「これで皇帝と一戦交えろというつもりか?」

「どのようにお使いになるかは提督のお考え一つ。我々は売った大砲で撃たれなければ、それで良いのです。現皇帝に売れば撃たれるのは我々かもしれませんが、提督なら先に撃つべき相手がおありでしょう？」

テルゼン提督はしばらく考えていたが、やがて銃をホルスターにしまった。

「なるほど、皇帝ではなく俺に売り込みに来た理由も納得できた。確かに俺にはシャオ人どもと争う理由がない。皇帝にはあるかもしれんがな」

交渉成立かな？

俺は元のソファに戻り、ゆったりと腰掛ける。

それを見てテルゼン提督は水兵たちに声をかけた。

「そいつは今から俺の客人だ。粗相のないようにしろ」

「はっ！」

水兵たちが銃を下ろす。まあ大丈夫だろうとは思っていたが、正直ホッとした。

テルゼン提督はグラスにブランデーを注ぐと、それを乱暴に差し出した。

「俺に払わせる新型砲の代金は、奴隷貿易で稼げということか。どうせそちらでも一儲《ひともう》けするつもりなのだろう。シャオ商人らしい抜け目のなさだ」

「そこまでお見通しとは恐れ入りました」

俺はシャオ風の所作で恭しく拝礼し、グラスを受け取る。頭はどれだけ下げても減らないから便利だ。

「儲けさせていただくぶん、提督にも良い思いをしていただきますよ。シャオ交易商のことわざにも『遠き友こそ真の友』と申しますから」

本拠地から遠くにいる協力者は交易商にとって重要だ。

ちなみに今考えたことわざだ。

さて、これでテルゼン提督の懐に潜り込めた。俺の仕事はここまでだ。

後はユギ大尉が隙をみてテルゼン提督を始末してくれるだろう。彼女は組み技の達人だ。

どんな体勢からでも相手を絞め殺すことができる。

「ありがとうございます、提督。ではお近づきの印に、こちらの踊り子を……」

俺がチャイナドレスのユギ大尉を示すと、テルゼン提督は意外にも首を横に振った。

「いや、この女は結構だ。それよりも」

彼はごつい指でクリミネ少尉を差した。

「そっちの女を貰おうか」

「えっ、私⁉」

クリミネ少尉が硬直した。

チャイナドレスのユギ大尉を刺客として送り込もうと思っていたのに、テルゼン提督はクリミネ少尉が欲しいらしい。

今のクリミネ少尉は露出度ほぼゼロのパンツスタイルで、執事のような格好をしている。男装に近い。

俺は首を横に振る。

「この者は『商品』ではなく、私の秘書です。見ての通り帝国の出身で、この土地の法律や慣習に詳しいのです。この者がいないと帝国内での商売ができません」

「無理を承知で言っているのだ」

えー、どういうことなんだろう？

いや待て、前世で似たような顧客の相手をしたことがあるぞ。

クレーマー体質で、とにかく特別扱いを要求する客だ。明らかな無理難題をふっかけてきて、その要求が通らなければ怒り狂う。

たぶんテルゼン提督は、「小生意気なシャオ人の若造」に無理な要求を呑《の》ませて屈服させたいんだろう。どちらが強者かをはっきりさせておきたいのだ。

ああクソ、転生したのに前世と同じ目に遭ってるじゃないか。

前世と同様、今回も「取引先」とのトラブルは厳禁だ。絶対に契約を取り付けなければならない。破談になれば生還すら危うい。

そもそも、テルゼン提督がその気になれば俺とユギ大尉を殺してクリミネ少尉を奪うくらいは簡単にできる。

だったら要求を呑むしかない。

どうせ呑むなら気前よく呑もう。その方が高く売りつけられる。

俺はそこまでを瞬時に考え、苦笑を交えながらうなずいてみせる。

「仕方ありません。これから信頼関係を築いていく上で、提督の御要望をどうしてお断りできましょうか。どうぞお納めください」

クリミネ少尉が真《ま》っ青《さお》な顔をしているが、それでも彼女は自分の立場を忘れなかった。

「『旦那様』、本当によろしいのですか？」

「ええ。君はよく尽くしてくれましたが、これからはテルゼン提督のお力になりなさい。君は帝国の出身ですし、故郷に近い土地で暮らした方が幸せでしょう」

穏やかに語りかけつつ、目線で「大丈夫だから心配するな」と訴えかける。


――何も大丈夫じゃないですよ⁉　私、どうなっちゃうんですか⁉

――落ち着け、他に方法がない。暗殺が終わるまでの辛抱だ。

――ええ～っ⁉

――貴官も軍人ならこれくらいの危険は覚悟しておけ。必ず助ける。

――この任務が終わったら、絶対に埋め合わせしてもらいますからね！

アイコンタクトでだいたいこのようなやり取りを行い、クリミネ少尉を落ち着かせた。

もしかすると意思疎通がうまくいってない可能性もあるが、たぶん合ってる。たぶん。

クリミネ少尉がしおらしい態度になり、俺に無言で一礼する。

「『旦那様』、お世話になりました」

「長い間ありがとう。どうか元気で」

俺は彼女の背中をそっと押して促す。

クリミネ少尉がテルゼン提督の脇に控えたところで、俺はにっこり笑った。

「ではさっそく、商談の続きを」

「いや。明日の夜、この方面に詳しい連中を集めてもう一度話を聞く」

案の定、俺の提案を蹴ってきた。このおっさんは自分が主導権を握らないと気が済まないタイプだ。だから俺の提案を却下し、自分で改めて決定を下す。そういう単純な男だ。

このまま商談に入るとクリミネ少尉の救出がやりづらいので、この場はこれでお開きにしてもらおう。

テルゼン提督の操縦法がわかってきた俺は、それでも恭しく頭を下げてみせた。

「承知いたしました。では私も主に使いを送りますので、今宵《こよい》は失礼いたします」

「うむ」

さて、ここからどうするか考えないと……。

＊　　＊

南方艦隊司令部の敷地を出て港町の大通りに入ったところで、ユギ大尉が困惑気味に質問してきた。

「どうなさるおつもりですか、『旦那様』?」

「多少変更はありましたが、基本的には予定通りにやりましょう。最後の仕事は『あなた』にお願いします」

クリミネ少尉も軍人として最低限の戦闘技術は学んでいるが、性格と体格が戦闘向きではないのでテルゼン提督には勝てないだろう。

あの男、おそらく白兵戦も相当に熟達している。

「今夜いけますか?」

「そうですね、内部の構造はだいたい覚えましたし……」

チャイナドレスの美女は、少し考え込む様子を見せた。

「慎重にやりすぎて長引かせると、偽装工作にボロが出て正体が露見するかもしれませんね。ほぼ『旦那様』の即興、想定外の連続ですから」

「すみません、とっさのことで」

あの状況では他に良い知恵が浮かばなかった。

ユギ大尉は優しく微笑んでくれる。

「いえ、おかげで助かりました。標的の信用を得ないことには始まりませんからね」

「ありがとうございます」

さて、問題はここからだ。

ユギ大尉が中隊長として指示を下す。

「私は目立たない格好に着替えて、標的を監視しておきます。『旦那様』は今のうちに後方に連絡を」

「わかりました」

＊　＊

俺は作戦の経過を儀礼大隊に伝えるため、いったん南方艦隊司令部から離れた。

さすがにこんな暗殺任務で、俺たち三人だけ動くということはない。バックアップ要員として、第三中隊の信頼できる下士官数名を港町に潜ませている。

「ということで、少し状況が変わった。作戦計画を三号案に変更し、クリミネ少尉の奪還を望成目標とする」

「了解しました。ただちに本部に報告します」

巡礼者に偽装した下士官たちは敬礼し、それからこう言う。

「中尉殿、どうかくれぐれも冷静に」

「そんなに焦っているように見えるか?」

「いいえ、普段通りです。ただクリミネ少尉殿のことになると、中尉殿も冷静ではいられないだろうと」

まあそうだよな。

「確かにマイネンに続いてクリミネ少尉まで失う訳にはいかないからな。大事な相棒だ」

「あ、はい。そうですね」

なんだその微妙な反応。

とにかく下士官たちの一部はすぐさま帝都に発った。

これで俺たちに何かあっても、大隊本部が動いてくれるだろう。

＊　＊

急いでユギ大尉のところに戻ると、コートを羽織った彼女は険しい顔をしていた。

「今しがた、テルゼン提督がクリミネ少尉を連れて港に向かいました。護衛が十人ほどいて手が出せません」

「まずいですね」

船に乗るつもりだとしたら、このままクリミネ少尉をどこかに連れ去られてしまう。

ユギ大尉は俺をじっと見ている。

「暗殺の確実性を最優先に考えた場合、ここで動くのは得策ではありませんが……」

そうだよな。

しかし俺は首を横に振った。

「このままクリミネ少尉の所在が不明になってしまうと、暗殺後に救出する余裕がなくなります。その場合、どう転んでも彼女は殺されるでしょう」

少し前に親しい同僚を失ったばかりだ。クリミネ少尉を失いたくない。

だが、あくまでも冷静にならないとな。

「暗殺と救出を同時に行う必要がありますが、おそらく今夜しかありません。小官は追跡を提案します」

「わかりました。私も同意見です」

そしてユギ大尉はニコッと笑った。

「儀礼大隊は誰も死なせませんからね」

「処刑部隊ですけどね」

だからこそ、せめて身内くらいは守りたいよな。

いっちょやるか。

＊　＊

俺たちが港に向かうと、テルゼン提督らしい人物が闇に紛れて船に乗り込むところだった。

といっても艦隊の戦列艦ではない。小型の快速艇だ。帆はあるが、無風のときは漕《こ》いで進むこともできる。大砲は積んでおらず、ちょっとした連絡や移動に使われる。

提督までの距離は百メートルくらいだろうか。前世の銃なら簡単に狙撃《そげき》できる距離だが、マスケット銃だと射程外だ。まず当たらないし、当たっても致命傷を与えられるかどうか怪しい。

かといって、これ以上近づくと気づかれる。

「せめて話し声だけでも聞こえたらいいんですが、なんであいつらこういうときだけ小声なんだ」

「わきまえているからでしょう。テルゼン提督の身辺警護をする兵が、その程度のことができないようでは話になりませんし」

「ですよね」

あのおっさん、細かいところに気を配れない部下は殺しそうだよな。

快速艇は二艇。片方にトラブルがあっても移乗できる。夜間の航行だし、この用心深さはさすがに提督というべきか。たとえ自分の庭みたいな湾内でも、決して海を甘く見ない。

俺は上官にお伺いを立てる。

「近くに脱出用のボートを用意していますが、あれ使います？」

「そうしましょう。ですが、たった二人で漕いでも追いつけませんよ」

俺は懐からゼラーン湾の地図を取り出した。陸軍測量局のものだ。

「テルゼン提督の行き先は限られています。明日夜の商談には戻ってこなければならないので、一晩で往復できる距離。あの小型快速艇は外洋の航行には向いていませんから、ゼラーン湾の周辺でしょうね。となると……」

俺は地図の島を指し示し、ユギ大尉が地図を覗《のぞ》き込《こ》む。

「島が二つありますね。この印は？」

「実は海軍の地図では、ここに三つめの島があります」

ユギ大尉は顔を上げて俺を見た。

「どういうことですか？」

「おそらく陸軍に知られたくない島なのでしょう。三つめの島を陸から見ても、他の島影と重なるので気づかれません。そしてこれらの島はいずれも無人島で、航路からも外れています」

島があればそこに船や物資を隠すことができ、船の点検や修理もできる。建物を建てて砲兵隊を駐屯させることもできる。

島は沈まない巨大な軍艦であり、洋上の基地だ。

「三つめの島はほぼ完全な円形です。おそらく海底火山の火口部分だけが露出しているんでしょう。円弧の北側に欠けた部分が一カ所あり、島影で隠された入り江になっています。海賊の根城としては理想的ですね」

ユギ大尉は納得したようにうなずいた。

「なるほど。戦略的に価値があるので存在を秘匿している。ということは、テルゼン提督はここを隠れ家にしている可能性が高いのですね？」

「わざわざ隠匿しているくらいですから、おそらくそうでしょう」

隠すという行為自体が、そこに何かあることを示している。もちろん「そのうち何かに使おうと思ってるけど今はまだ何にもない」という場合もあるので、賭《か》けであることに変わりはない。

俺は地図を畳むと、真っ暗なゼラーン湾を見る。

「大きな賭けになりますが、行かなければクリミネ少尉を取り返せません。彼女が明日まで無事だという保証はありませんから」

ユギ大尉はじっと考え込み、それから中隊長としての発言をする。

「無用な危険を冒すことになるかもしれませんよ？」

だがそれでも、俺は考えを変えなかった。

「戦友のために冒す危険に『無用』はありません。どれだけ愚かしく見えても、戦友を見捨てない精神を行動で示すべきだと考えます」

「わかりました。ではやれるところまでやってみましょう。ただし任務の遂行が最優先です。そこは覚悟を決めておいてください」

「はい、中隊長殿」

俺がうなずくと、ユギ大尉は俺の手をぎゅっと握ってくれた。

「あなたが私の部下であることを誇りに思います」

「え？　あ、ありがとうございます」

なんだか照れくさい。

さあ、クリミネ少尉を取り返そう。

＊　＊

拝啓、故郷のお母様とお姉様と弟たち。あと仕方ないのでお父様も入れてあげましょう。

私は今、奴隷として船に乗せられています。

一族まるごと金の力で準貴族になっている家の子として、大変恥じております。

でもしょうがないんです。これも任務なので。


私は内心で溜め息をつきつつ、ひんやりとした潮風の感触を楽しむ。

今夜は半月が出ているけれど、雲もあって朧月《おぼろづき》だ。それでも多少は海が見渡せる。インクのように真っ黒な海だ。ちょっと怖い。

前に船旅をしたときは、父方のお祖父様《じいさま》の所有する交易船だったっけ。あのときはみんな使用人だったから、親切にしてくれたなあ。

マストに登ろうとしたときは船の規定でお尻ぺんぺんされたけど……。七歳くらいだっけ？

それにしても、罰されるのってなんであんなに楽しいんだろう？

「おい、女。あまり船縁《ふなべり》に近寄るな。船室に入れ」

テルゼン提督に命じられ、私は静かに頭を下げる。

「はい、閣下」

その気になれば、いくらでも淑女になれる。楽しくはないけど。

小さな船なので、船室といっても物置みたいなものだ。ベッドはおろか椅子すらないので、ロープの束の上に腰掛ける。

テルゼン提督はフォンクト中尉殿が渡した扇子を開きながら、カンテラの明かりを頼りに図面を見ている。

それにしてもあんな砲弾の図面、どこから調達したんだろう？　フォンクト中尉殿は不思議なことばかりで、とても謎めいた先輩だ。

でも凄く優しいいし、たまに厳しくて、そこがまたキュンってなるっていうか……ああ、お尻ぺんぺんされたい。こないだ吊《つ》るされたときは最高だった。絶対にまたやりたい。

「ずいぶん落ち着いているな」

テルゼン提督が声をかけてきたので、何にも聞いていなかった私は静かに頭を下げる。

「はい」

ああ、早く帰りたい。中隊長殿が船底をぶち抜きながら「ホアァーッ！」とか叫んで登場しないだろうか。中隊長殿ならこいつら全員ぶちのめしてくれると思う。

テルゼン提督はまだ私を見ている。

「この砲弾の図面がインチキなら、試射の的になるのはお前だ。明日の夜、お前の死体をあの若造の前に放り出してやる」

それは……すごく興奮しますね！　中尉殿はどんな表情で、私の惨《むご》たらしい骸《むくろ》を見つめてくれるんだろう。

きっと衝撃と後悔と怒りで塗りつぶされて、見たこともないような表情を浮かべてくれるに違いない。

自分で見られないのが残念だ。

提督はフンと鼻を鳴らす。

「全く動じんな。となると図面は本物か」

「はい」

本物かどうかはわからないけれど、フォンクト中尉殿のやることだから大丈夫だろう。少なくとも、ここで私がガタガタ震えてたら話にならない。

そのとき外から声が聞こえてきた。

「提督ぅ！　そろそろ入り江の暗礁です！　砲台への合図はどうしますか？」

「『我に追跡者なし、されど海を見張れ』だ」

「わかりやした！　おい、『我に追跡者なし、されど海を見張れ』で送れ！」

目的地に近づいたらしい。でも船室に閉じ込められているので見えない。じたばたしても始まらないので、死体になった自分を妄想しながらフォンクト中尉殿の反応を考えてみる。

私が死んだら悲しんでくれるかな？　フォンクト中尉殿の心に小さなひっかき傷になっ

て残れるのなら、死ぬのも悪くないなあ。

フォンクト中尉殿のことだからこの程度の窮地は軽く切り抜けちゃうんだろうけど、その後もずっと「あのときクリミネ少尉を救出できていれば」って悩み続けてくれるとしたら？

ああ、なんかキュンキュンする。とてもいい……。

「お前、もしかして落ち着いているのではなく、単にぼんやりしているだけか？」

テルゼン提督が疑わしそうな目で見てきたので、私はフフッと微笑む。

「はい」

「そこは肯定するな。変な女だ」

テルゼン提督は渋い顔をする。

「お前はあのウォンとかいう若造の愛人だな？」

えっ？

「はい」

うわ、反射的に即答しちゃった。私の口は正直だな。

すると、テルゼン提督は満足そうにうなずいた。

「やはりな。お前をよこせと言ったとき、あいつは一瞬うろたえた。銃を突きつけられてもうろたえなかった男がだ」

でへへ、そうでしょう、そうでしょう。なんせ私はフォンクト中尉殿に愛されていますから。たぶん。

テルゼン提督は扇子をぐしぐし押して閉じる。

「部下たちの報告では、酒場で豪遊しているときから妙に親しげだったそうだな。やはりお前があの男の急所か」

「はい」

「お前、さっきから『はい』しか言わんな……」

テルゼン提督がなんだかやりづらそうな顔をしているけど、初対面の人はみんなこうなので別に驚くことでもない。フォンクト中尉殿が例外なだけだ。

テルゼン提督は軽く溜め息をつき、こう言う。

「あの男が俺に利益をもたらす限り、お前は殺さん。もっとも返すつもりもないがな。人質として飼ってやる」

ここは「はい」だとダメだよね？　私は無言で目を伏せ、悲しそうな顔をしてみせる。

この人は暗殺されて、私はまたフォンクト中尉殿の部下に戻れる。

大丈夫、大丈夫なはず……。

＊　＊

真っ黒な海の上で、俺はちゃぷちゃぷとボートを漕いでいた。

「ボート漕ぎなんて士官学校以来ですよ」

俺がぼやくと、操舵《そうだ》担当のユギ大尉が笑みを含んだ声で言う。

「あら、故郷は内陸？」

「経歴を聞くのは御法度じゃないんですか」

貴族や聖職者さえも処刑するという職業柄、俺たちは多くの秘密を抱えている。お互いの過去についても詮索無用だ。知ってしまえばどこかで漏らす危険性が出てくる。

するとユギ大尉はこんなことを言った。

「じゃあ私の過去を教えてあげますので、それでチャラということで」

「いや、聞く訳にはいきませんよ。小官のように軽率な者に情報を渡すと、中隊長殿を危険に晒します」

暗がりの向こうから、ちょっとすねた声。

「フォンクト中尉でダメなら、大隊長以外誰にも明かせないじゃないですか」

「明かさなければ良いのでは？」

しばしの沈黙の後、ユギ大尉がぽつりと言った。

「じゃあ、これは私の独り言です。聞きたくなければ耳を塞いでいてくださいね」

「いや、耳以前に両手が塞がってるんですが」

ボートを漕ぎながらどうやって耳を塞げばいいんだよ。

しかしユギ大尉はお構いなしにどんどんしゃべり始める。

「昔々、といっても百年前ではありません」

「その前置き必要ですか？」

「十年前でもなく……あ、いえやっぱり十年前ですね。うわ、もう十年も経ってる……」

やたらと具体的な上に割と最近だった。

あとその感想は何なんですか。

十年前というと、俺がまだ故郷で小作人をやっていた頃だな。退屈な上に不便な貧乏暮らしに嫌気がさして、軍隊に入ろうか迷っていた時期だ。

その後、うちの大隊長に拾われて事務方の兵卒として採用され、下士官に昇進して士官学校に進むことになる。

そうか、あれから十年か……うわ、もう十年も経ってる……。

話が脱線しすぎた。

ユギ大尉も十年分の追憶から戻ってきたところらしく、軽く咳払《せきばら》いをして続ける。

「正統帝国の辺境に、シャオ武術の一派を伝える一族がいました。始祖は宮廷の武術師範だったそうですが政変で祖国を追われ、子孫は異国で用心棒や傭兵《ようへい》に身を落としていたのです。その一族に、ひときわ武の才に長けた美少女がおりました」

……自分のことですよね？

ツッコみたいけど黙って聞いておく。

「美少女は多額の報酬を約束されて暗殺の依頼を受けたのですが、あと一歩というところで失敗しました。心優しい彼女には、赤子を殺すなどという非道はどうしてもできなかったのです」

……自分のことですよね⁉

「結局彼女は暗殺を断念し、その赤子の母親と親友になり、そのまま彼女の護衛として働くことにしました。ぶっちゃけ前金だけでも十分な額でしたし、依頼主はその後すぐに死んだからです」

その説明いらない気がします。若い頃はやんちゃだったんですね、中隊長殿。

「その赤子の母親は今でも、彼女の上官です」

「えっ⁉」

思わず声が出てしまった。

ちょっと待てよ。

その自称美少女の暗殺者はユギ大尉で、彼女の上官といえばフィリア大隊長だ。ユギ大尉は中隊長だから、上には大隊長しかいない。近衛《このえ》連隊長も形の上では上官ではあるが、いけ好かない爺《じい》さんなので違う。

ということは、命を狙われたのは大隊長の娘⁉　あの子に刺客が差し向けられるって、どういう状況だ⁉

「あの、中隊長殿」

「なんですか」

「その独り言のせいで、任務に集中できなくなりそうです」

するとユギ大尉はフフッと笑う。

「それは申し訳ありません。配慮が足りませんでした。ですが……」

表情は見えないが、口調が変わったのを感じる。

「知っておいてほしかったのです。なぜ私が銃ではなく隠し武器を使う軍人なのか。何のために儀礼大隊にいるのか。そして、何のために戦うのか」

この人も俺と同じで、大隊長個人に忠誠を誓っているタイプだ。それは知っていたが、そんな事情があったとは。

俺はボートを漕ぎながら明るく返す。

「中隊長殿の独り言、しっかり覚えておきますよ」

「ありがとうございます。では今夜は、我が奥義を尽くすとしましょう」

そう言って彼女は懐から扇子をスッと取り出した。

ダジャレではないよね？　俺たち日本語では会話してないし。

＊　＊

やがてボートはゼラーン湾の外に出る。波が少し荒くなったが、この程度なら問題ない。

雲の切れ目から月光が差し込み、二つの島に隠された三つめの島を浮かび上がらせる。

ユキ大尉が真面目《まじめ》な声で警告を発する。

「地形のせいか海流が複雑なようです。気をつけないと転覆しますよ」

「そう思うんなら代わりに漕いでください」

「操舵を代わってくださるのなら」

うーん、俺が操舵したら転覆するな……。諦めて漕ぐか。

「中隊長殿、さっきも言ったようにあれは火山の火口だった島です。おそらく湾内に侵入しないと接岸できません」

「大丈夫ですよ。垂直な崖なら登れます。反り返っていたら少し手間取りますが」

「どちらにせよ小官が置き去りになるんですが」

リアルニンジャみたいな人が上官だと苦労する。俺はただの一般人だ。

次第に島が近づいてくるにつれて、俺たちの間に緊張感が漂う。

「要塞化されていますね、中隊長殿」

「ええ。偽装された砲台があちこちにあります。監視所も兼ねているはずですから、姿勢を低くしてください。波間に隠れるように」

「漕ぎづらいんですが。それに海流が逆で……」

島と島の間を海流が通っているせいか、流れが速いようだ。まるで島への接近を拒むかのように海流が逆らってくる。

しかしユギ大尉は嬉《うれ》しそうに言った。

「この海流なら、島に漂着する人や舟はないでしょう。ということは監視の目も緩いはずです。たぶん大型船の接近しか見ていませんよ」

「それはそうかもしれませんけど」

漕いでる身としては大して慰めにもならない。

その後もだいぶ苦労しつつ、俺たちはどうにか島が描く円弧の外側に接岸することができた。

月明かりでかろうじて見えるが、どうやらここは岩場の浅瀬らしい。波が荒かったらボートは無事じゃ済まなかっただろう。

「中隊長殿、ほぼ何にも見えません」

「砲台からもほぼ何も見えませんから安心してください」

何を安心すればいいんだろうか。

真っ暗な岸壁に真っ黒な波の音が聞こえるだけで、深さもわからない。うっかり落水しようものなら溺れてしまいそうだ。

「怖がらなくても大丈夫ですよ」

気づいたらユギ大尉が大岩の上にいた。いつ跳んだんだ？　ボートは揺れもしなかったぞ？

ユギ大尉はロープでボートをたぐり寄せると、大岩にボートを繋留《けいりゅう》した。言うだけなら簡単なんだが、俺がやるともっと手こずっただろう。うちの中隊長、やっぱり人間離れしている。

「それにしても、ずいぶん手頃な岩場があるものですね」

ユギ大尉が首を傾《かし》げているので、俺は岩の表面に触れて答える。

「どの岩にも海藻があまり生えていませんから、おそらく満潮で一時的に繋留可能になっているんでしょう。ぐずぐずしているとボートが岩の上に取り残されますよ」

「確かに。では急ぐとしましょう」

ユギ大尉はスッと立ち上がると、コートを脱ぐ。

なんでまだチャイナドレス着てるんだろう……。


俺たちは岩場を縫うように進みながら、砲台を迂回《うかい》して島の湾内を目指した。

ユギ大尉はわずかな月明かりでも昼間のように見えるらしく、あっという間に尾根を越えて島の内側へと入り込む。

湾内には海軍の戦列艦らしき帆船が一隻と、小型の快速艇が二艇。快速艇はテルゼン提督たちが乗ってきたものだろう。後は手漕《てこ》ぎのボートがいくつか。

船の数を見る限り、ここの兵力は小規模のようだ。湾内は狭く、戦列艦を何隻も繋留しておけるほど広くない。

湾内には建物がいくつか建ち並んでいる。大半は木造だが、レンガ造りの一棟からは明るい光と金属を打つ音が漏れていた。おそらく工房だろう。

ユギ大尉がつぶやく。

「島と海流に守られているせいか、島の外側以上に内側は無防備ですね」

「巡回どころか歩哨すらほとんどいませんからね」

確かにここの警備を厳重にする意味はないだろうが、現にこうして暗殺者たちが侵入しているので油断は禁物だ。

ユギ大尉はスリットから太股を露出させたまま、あっちこっちをサササと歩き回って戻ってくる。

「あっちが工房、そこは兵舎、ここは倉庫です。士官用の宿舎は、おそらくあそこでしょう」

ユギ大尉が指差したのは、海辺から少し離れたレンガ造りの二階建てだった。工房や兵舎からも離れており、木々に囲まれた庭園もある。

「確かに、提督の隠れ家としては申し分ありません」

俺はうなずき、懐の短刀にそっと手を伸ばす。これで水兵たちのマスケット銃と渡り合うのは無茶だが、拳銃は発砲音を聞かれるとまずい。

「何かあったら中隊長殿の武勇が頼りです。よろしくお願いします」

「ええ、一対一に徹すれば何とかなると思います」

慎重な口ぶりで答えると、ユギ大尉は続ける。

「標的を発見するまでは交戦は厳禁です。発見後は私の判断で交戦の有無を決めますので、中尉は私が挟み撃ちにされないように片側を防いでください」

「鋭意努力します」

いざとなったら拳銃も使おう。一発しか撃てないけど。

士官用の宿舎はちょっとした海辺の別荘という感じで、居住性を重視した造りだ。開口部が多く、侵入しやすい。バルコニーや大きな窓はユギ大尉にとって玄関と同じだ。

だがさすがにここには複数の歩哨がいる。

「どうするんですか、あれ」

「迂回します。こちらへ」

宿舎を囲む木々に隠れながら、迷いなく宿舎に接近していくユギ大尉。俺も士官学校で斥候の基礎は学んだが、ユギ大尉の隠密術《おんみつじゅつ》は教本と全く違う。

スルスルと窓の下までたどり着いたが、ユギ大尉は渋い顔をした。

「鉄格子です。一階の窓全部」

「二階から侵入しますか？」

「そうですね、あのバルコニーはおそらく提督の居室だと思います」

ユギ大尉はそう言うと、レンガの継ぎ目に指先をかけてスイスイ登り始めた。本当に人間かこの人。

とてもじゃないが俺は真似できない。置き去りにされてしまった。

しかしバルコニーの物陰に潜んだユギ大尉が、すぐに飾り帯をほどいて垂らしてくれた。

どうやらこういう用途で身につけていたらしい。

それにしても、これを登るのか……ロープの登攀《とうはん》は士官学校でやったけど……。

音を立てないように苦労して登ると、テルゼン提督の声が聞こえてきた。

「ああ、あの男が差し出してきた女か？　確かに売れば高値になるだろうが、人間は馬や宝石とは違う。送り主の命令を忠実に実行できるのは人間だけだ。何を命じられているかわからん者など受け取れん」

よくおわかりで。

だがクリミネ少尉は返してもらうぞ。絶対にな。

広々とした室内にいるのはテルゼン提督とクリミネ少尉だけだ。よかった、少尉は無事だ。脱がされてる様子もない。提督は彼女に手を出すつもりはないらしい。

「だがお前にも用心しておかんとな。脱げ」

待てこら。殺すぞ。いや殺すんだけど。

クリミネ少尉が慌てている。

「ぬっ、脱ぐんですか⁉　ここで⁉」

「当たり前だろうが。お前は俺のものだ」

お前のものじゃねえし。俺の……いや違う。いやいや違わない。俺の大事な戦友だ。お前のじゃない。

「見たところ胸も貧相でケツも小さそうだが、人妻だと思えば多少はそそられるな。あの男、今頃はお前を失った寂しさで泣きっ面だろうよ」

殺そう。今すぐ殺そう。

そう思ってユギ大尉を見ると、彼女はニヤニヤしていた。

「もう少し待ちますか？」

「なんでですか」

早く助けてあげようよ。

ユギ大尉はにっこり笑うと扇子を取り出した。

「冗談ですよ。では突入しますが、ドアから新手が来ないようにお願いしますね」

「了解しました」

できれば俺があいつを殺したかったが、この際なんでもいい。

バルコニーのドアは換気のために半開きになっており、ユギ大尉はその隙間から音もなく室内に侵入する。テルゼン提督は俺たちに背を向けたまま、クリミネ少尉を凝視していた。

「早く脱げ」

「わ、わかってます」

クリミネ少尉はジャケットを脱ぎ、ボウタイをほどいてブラウスのボタンを外しかけている。これは俺も凝視してしまいそうだが、今は彼女の救出が先だ。

ユギ大尉がスッと一歩踏み出したとき、気配を感じたのかテルゼン提督がバッと振り向く。

「き……」

たぶん「貴様ぁっ！」と言おうとしたのだろうが、それを封じるようにユギ大尉が扇を投げる。

だが軽い扇には何の殺傷力もなく、素手で簡単に弾かれてしまう。

怒鳴るテルゼン提督。

「効かぬわ！」

だがユギ大尉は全く表情を変えず、続けざまに次の扇を投げる。

提督はまたしても扇を払い落とそうとしたが、今度の扇は「ボギン！」という鈍い音を立てて提督の指を痛打した。見た目は全く同じだが、今回は鉄扇だったらしい。

最初の扇で油断させて、二つめで指を砕きにいったか。

「ぐおっ⁉」

予想外の打撃というのは、歴戦の戦士をも怯《ひる》ませる。

その一瞬の隙をユギ大尉は見逃さなかった。

長い飾り紐《ひも》を引いて鉄扇をヒュッと引き戻すと、軽やかな動作で再び放つ。飾り紐がテルゼン提督の首に巻き付いた。

「ぬうぅっ⁉」

提督は折れた指で飾り紐をほどこうとするが、その瞬間にユギ大尉が肉薄。すらりと伸びた四肢で提督の手足を絡め取り、体重をかけて引き倒す。そのまま二人はベッドに倒れ込んだ。

「ぐぅうっ……がっ……」

弱々しい呻《うめ》き声をあげながらも、渾身《こんしん》の力で振りほどこうとする提督。ごつい手がベッドの木枠をつかむと、頑丈な木材がミシミシと悲鳴をあげた。

生命の危機に瀕《ひん》した人間はリミッターが外れ、ごく短時間だが凄まじい力を発揮する。数人がかりでも押さえ込めないときがあるくらいだ。

だがユギ大尉は暴れようとする提督を背後から押さえ込み、手脚を絡めて肩と膝の関節をガッチリと極めている。

「ぐおっ！　うぐぅうっ！」

最後の気力を振り絞ってテルゼン提督は戒めを振りほどこうとしたが、彼の体幹は無防備に伸びきっていて、背筋や腹筋が完全に死んだ状態になっていた。

リミッターが外れたとしても、伸びきった筋肉は力を出せない。

提督はかなりの筋肉質だが、さすがに手足の筋肉だけではユギ大尉の全身の筋肉には勝てないようだ。体格の不利を感じさせない、ユギ大尉の卓越した体術だ。怖い。

「かはっ……ぎっ……おご……」

必死の暴走状態は長くは続かない。みるみるうちに提督の顔が紫色に染まり、目が充血してくる。

ユギ大尉は顔色一つ変えていない。蛾《が》を捕食する蜘蛛《くも》みたいで、不気味な美しさがあるな。

あの飾り紐つきの鉄扇は、大尉に見せてもらった飾り紐の暗器に似ている。あっちは陶器の球がついていたが、暗器使いは「本物」を誰にも見せないから、飾り紐は鉄扇と組み合わせて使う予定だったんだろう。

俺は部屋の出口のドアが施錠されていることを確認してから、ナイフを構えていつでも加勢できるようにしておく。

だが奇襲が完全に決まっている以上、テルゼン提督の命運は既に尽きている。

「ごぁ……」

やがて動きが弱まり、ある瞬間にフッと脱力した。意識を喪失したのだろう。

ユギ大尉は提督の首を絞めたまま、力を全く緩めなかった。標的はまだ生きているかもしれないからな。それに死んだふりをしていることもある。

「首筋の脈が止まってから百数えました。もういいでしょう」

ベッドの上でユギ大尉がゆっくりと体を起こす。髪が少し乱れ、なんだかとても色っぽい。

テルゼン提督は手足を投げ出していて、もう起きてくる様子はない。チアノーゼで変色した首には、飾り紐がぎっちりと食い込んだままだ。ほぼ確実に死んでいる。

いつもながら、人間が死ぬときというのはあっけない。

とりあえず任務は達成したか。成仏してくれ。お前のは完全に自業自得だからな。

心の中で一瞬だけ合掌すると、俺は次にやるべきことを考えた。

正統帝国海軍南方艦隊司令のテルゼン提督は死んだ。これで皇帝も枕を高くして眠れるだろう。

軍の高官を皇帝が暗殺させるなんて世も末だが、これで帝国の寿命は数年延びたかもしれない。逆に縮まるかもしれないが。

なんにせよ提督が蘇生《そせい》すると困るので、もう数分はこのまま絞めておく必要がある。

だが急に会話が途切れたことで、外にいる護衛が不審に思うかもしれない。提督クラスの将校ならドアの外に護衛くらいいるはずだ。

クリミネ少尉が俺たちを見て硬直しているので、俺は目線で合図を送る。

——喘《あえ》いでくれないか？

——あえっ、喘ぐんですか⁉　今⁉

——偽装だよ。早く。

——どうやれば⁉

——一人でするときの声でいいんじゃないか？

——あっ、なるほど。

クリミネ少尉はなぜか俺に深々と一礼した後、艶《なま》めかしい声を紡ぎ出す。

「はぁんっ……んっ！　やっ、やだぁっ……ひぅっ！　あぁんっ……」

へえ……そんな感じなんだ……。ありがとうございます。

クリミネ少尉が顔を真っ赤にして俺を睨みつけているが、しばらく続けてもらわないとな。俺は効果音担当として、ベッドをギシギシ揺らしておく。

ユギ大尉が無言のまま笑っているが、提督の首は絞めたままだ。なんだこの光景。

「見ちゃやだっ……んぅぅっ！　やだぁっ、恥ずかしい……」

くねくね身悶《みもだ》えしつつ、妙にノリノリで喘ぐクリミネ少尉。やっぱりこの子、ただ者じゃないよ。

「あっ、だめぇっ……たすけて、ウォン様ぁっ……」

シチュエーションまで完璧だ。さすがに準貴族のお嬢様だけあって、演劇の素養もあるらしい。

でも即興でそこまでやれとは言ってない。

とりあえずこれで部屋には誰も入ってこないだろう。提督の「お楽しみ」を邪魔する命知らずはいないはずだ。

ユギ大尉は耳を澄ませていたが、やがて廊下側のドアを無造作に開けた。

「誰もいませんよ」

「あ、そうですか……」

テルゼン提督はどうやら人払いをしていたらしい。割と神経質な性格だったようだ。

「わっはっは、部下たちに見せつけてやろう！」みたいなタイプじゃなくて助かった。

ほっとして振り返ると、クリミネ少尉が真っ赤な顔で俺を睨んでいる。

「あんあんあんあんあん」

「すみません、もういいです。貴官の御協力に感謝いたします」

上官として作戦遂行上必要な行動を命じただけなので本来は謝る必要はないのだが、そこは人としてきちんと謝っておく。

ユギ大尉が苦笑しつつ、俺たちに命じる。

「少尉は着替えてください。いざというときに泳げるよう、なるべく薄着で。中尉は死体をバルコニーから外に運んでください。脱出前に死体を発見されると警戒レベルが上がります」

「了解しました」

儀礼大隊の職務柄、死体を担ぐのは慣れている。

やり方は自衛隊や消防隊などと同じで、いったん抱き上げてから横向けにして両肩で担ぐ。これなら脱力してる死体でも肩から滑り落ちない。もちろんかなり不気味ではあるが、仕事柄慣れてしまった。

バルコニーの片隅に死体を置き、腰のベルトにユギ大尉の飾り帯を結ぶ。丈夫な布なので死体一つくらいは吊るせるだろう。

バルコニーの手すりに帯を結びつけ、一気に下に落ちないように長さを調整する。人間が落ちる音というのはかなり大きい。

「手際が良いですね、中尉」

「こないだクリミネ少尉を吊るしましたから」

「仲が良さそうで羨ましいです」

どういう会話だ。

重たいテルゼン提督の死体をそろそろと下ろすと、地面近くで宙吊《ちゅうづ》りにできた。

やはり人間、なんでも経験しておくもんだな。人間を吊るすのが巧《うま》くなった。体重をかけて思いっきり踏ん張らないと人間の体重は支えきれない。

ユギ大尉がバルコニーの手すりにヒラリと乗る。

「私が下りて死体を回収します。あなたたちはその後に飾り帯で下りてください」

さすがの暗殺用飾り紐も人間二人分の体重を吊るほどの強度はなさそうなので、死体を下ろしてから俺たちが続く形になりそうだ。

ユギ大尉はチャイナドレスの裾を翻して音もなく着地し、慣れた手つきで死体を担ぐ。俺たちも後に続いた。

テルゼン提督の死体は外の茂みに隠す。日中に捜索されればすぐに見つかってしまうだろうが、今は夜だ。ランタン程度の灯火じゃ見つけようがない。

クリミネ少尉がぼそりと言う。

「海に沈めちゃうのはダメなんですか?」

俺は死体を隠しながら答える。

「途中で見つかる危険があるし、死体が海流に流されると面倒なことになる。それに」

「それに?」

興味津々のクリミネ少尉に、俺は笑いかけた。

「死体が腐敗すると膨れ上がって浮いてくるんだよ。多少の重りじゃ効果がない」

「なんで知ってるんですか、そんなこと……」

腐敗ガスで膨張したゾンビがそれで海を渡って感染を広げていくゲームがあったので。

もちろん前世の話だ。

周囲を警戒中のユギ大尉がささやく。

「海岸の辺りが騒がしいですね」

言われてみると、確かに人の声が聞こえてくる。なんだか切羽詰まった感じだ。

クリミネ少尉が恐る恐る言う。

「まさかテルゼン提督を殺したのがバレたんじゃ……」

俺は首を横に振る。

「それなら建物の方が騒がしくなるはずだ。ボートを発見されたのかもしれませんね」

「だとすると、退路を断たれたことになります」

ユギ大尉は考え込む様子を見せた。

「狭い島ですし、どう隠したところで提督の死体はすぐに発見されます。もちろん私たちもです」

土地鑑のない孤島での潜伏は無理がある。

かといって泳いで脱出するなんてとてもじゃないができない。ここは海流が強いし、陸地まではそこそこ距離がある。着衣での遠泳は現実的じゃないだろう。

「強行突破しますか？」

「そうですね。暗殺任務は達成していますし、後は私たちが脱出できればそれで構いません」

ユギ大尉は鉄扇をしまうと、結っていた髪から紅玉髄《カーネリアン》の簪《かんざし》を抜いた。本体部分は極太の針になっている。これも暗器か。

「湾内の手漕ぎボートを奪取して脱出してください。もしもの場合は、私がここに留まって敵を引きつけます」

「ダメですよ、中隊長殿⁉」

クリミネ少尉が慌ててユギ大尉の手を握りしめる。

「私を助けに来た中隊長殿を死なせる訳にはいきません」

「ですが、あなたでは陽動にもならないでしょう？」

それはそうだ。

しゅんとなってしまったクリミネ少尉の肩をポンと叩き、俺は笑いかける。

「小官に考えがあります。分の悪い賭けですが、中隊長殿が死地を切り拓くのは賭けに負けた後でも構いませんよ」

するとユギ大尉がクスッと笑う。

「また何か、面白いことを考えたようですね？」

「ええ、割と。あ、その紅玉髄とてもいいですね」

「え、ええ。ありがとうございます」

＊　　＊

その頃、テルゼン提督の水兵たちは浜辺に集まり、血相を変えていた。

「東の岩場でボートが見つかったってのは本当か⁉」

「ああ、誰も乗ってなかったが繋留されてた。監視所のヤツが交代して戻る途中、たまたま寄り道して見つけたらしい」

繋留されているということは、人が乗っていたことを意味している。

「俺たちの誰かが夜釣りに使ってたってことはないよな？」

「わかんねえよ、そんなもん」

するとベテランの下士官が怒鳴りつける。

「それを今確かめるのは無理だろうが！　今は侵入者があったと考えて動け！　おいお前、提督に御報告しろ！　他の者は銃を持って非常警戒だ！　カンテラを忘れるな！」

「はっ！」

ここが秘密基地であることは全員理解しているので、対応は迅速だ。

海からの侵入を警戒し、浜辺の篝火《かがりび》台《だい》にも次々に火が灯る。

しかし異変はここからだった。

「提督がいません！」

士官宿舎に走った水兵が慌てて戻ってきたので、下士官は怒鳴る。

「提督なら工房か士官宿舎におられるはずだ！」

「工房で何か命令した後に宿舎に戻られたらしいんですけど、玄関の立哨は出るとこを見てないっていうんです！」

「だったら宿舎のどこかにおられるはずだ！　手分けして捜せ！」

下士官は叫び、それからこう続ける。

「戦列艦の艦長にも御報告しとけ！　いざとなったら臨時で指揮を執っていただく！」

この島にいる将校は数名。指揮権を持っているのは提督と戦列艦の艦長の二人だ。残りは副官や参謀などで、部隊の指揮権を持っていない。

そこに別の水兵が駆け込んでくる。

「大変です！　水兵の中に裏切り者がいます！　皆が噂《うわさ》しています！」

「そんなはずがあるか、馬鹿者！」

下士官は怒鳴りつける。

「そんなもんは敵の流言飛語だ！　分隊での行動を徹底しろ！」

どうやら敵が潜入しているのは間違いないようだ。

ここに駐屯している水兵たちは信用できるはずだが、それでも新参者は何人もいる。全員が完全に信用できるかといわれると、下士官にも自信はなかった。

「それよりも提督はまだ見つからんのか！」

篝火の向こう側から誰かが叫んだ。

「賊が設計図が持って海に逃げたぞ！　取り戻せ！」

＊　＊

「見事に大混乱だな」

俺たちは湾内を一望できる山の斜面に潜みながら、水兵たちの動きをじっと観察していた。

水兵たちは分隊単位で行動しているため、必ず複数のカンテラを携行している。人の動きは夜目にも鮮やかだ。

クリミネ少尉がつぶやく。

「湾内を捜索していますね」

「さっき俺が叫んでおいたからな。将校たちは砲弾の設計図のことを知っているから、必ずそちらにも人を割く」

俺は扇子を開いてパタパタ扇ぐ。俺がテルゼン提督に渡した扇子だが、テルゼン提督を始末したので扇子は俺の手に戻っている。つまり砲弾の設計図も消えたことになる。

「提督と設計図と侵入者。三つも捜さないといけない水兵たちは気の毒だな。俺たちがボートを繋留した岩場も監視しないといけないし」

この島にいる水兵たちは百人以上二百人以下といったところだろうか。大半は戦列艦の乗組員だ。

大規模な捜索のために水兵たちを出動させると、戦列艦は動かせなくなる。

かといって戦列艦を空っぽにしておく訳にもいかない。外部から敵が侵入した以上、戦列艦は守りの要だ。出航して洋上で砲撃戦を行う可能性もある。

ユギ大尉が軽く溜め息をつく。

「あれもこれもと欲張ったせいか、薄く広く人員を配置してしまっていますね。警戒の網の目がずいぶん粗いです」

「じゃあボートの奪還も行けますか？」

クリミネ少尉が嬉しそうに尋ねたが、ユギ大尉は首を横に振った。

「奪還に手間取った場合、岩場で包囲されてしまう危険性があります。それにボートが押収や破壊されていた場合、無駄足になりますよ」

「それもそうですね……」

そう。ボートがまだあるとは限らないので岩場に向かうのは賭けになる。

だがここまででもかなり危険な賭けを繰り返しているので、これ以上の賭けはしたくない。ここまでの賭けで稼いできたチップで何とかできるはずだ。

クリミネ少尉が挙手する。

「敵の目が湾内に向けられている間に、建物に放火するのはどうでしょうか？　今度は陸側に人が集まって、ボートを奪いやすくなると思います」

『パン屋』のコードネームに相応《ふさわ》しく、火を使った作戦を提案してきたか。

俺はクリミネ少尉に笑いかけた。

「良い案だが、どうせならもっと派手に燃やしたくないか？」

「はい？」

＊　　＊

南方艦隊所属の戦列艦「サラカディーン」。

南洋の怪物の名を冠するこの艦は、もともとは武装商船だった。そのため交易船としての機能を備えており、快速で輸送量も多い。反面、火砲に対する防御力は犠牲になっている。

テルゼン提督が有する禁薬の密輸船でもあった。

サラカディーンの艦長は今、困り果てていた。

「提督の伝令というから会ってみれば、異国の小娘じゃないか。あれ、連れてこられたのは二人だったのか？」

艦長はサラカディーンから動いていないので、今夜の詳細を知らない。

そんなことはお構いなしに、シャオ風のドレスをまとった美女が流暢《りゅうちょう》なシャオ語で何かをまくしたてている。

「ウーシェンマ？　ハンユン、チーリャン。マオファンリーウェイ！」

「おい、こいつはなんて言ってるんだ？　確かお前、シャオ人の奴隷だったんだろ？」

傍らにいるのは帝国人っぽい小娘だ。

しかし小娘は首を横に振る。

「わかりません。この子は訛《なま》りが強すぎて」

「シャオ語にも訛りなんてあるのか」

「そりゃありますよ」

真顔で答える小娘。保護を求めて来ているはずなのに、どこか偉そうだ。どうにもやりづらい。

艦長は顎髭を撫でつつ溜め息をつく。

「まあいい、それで提督はどこにおられる？　姿が見えないと大騒ぎになってるぞ」

小娘は困ったような顔をする。

「提督から急に軍艦に行けと言われただけなので、事情が全然わかりません。その後、提督とは別行動です」

「それもそうか。今日来たばかりのお前たちに大事な伝言をする訳はないな。所在を教えるはずがないし……」

何も情報を得られなかったことで艦長は逆に納得し、軽くうなずいた。

「まあいいだろう。艦に乗せるのは構わんが、武器は持ってないな？　乗組員以外は武装禁止だ」

「見ての通りです」

「うん、まあ……そうだな」

シャオ風のドレスは体のラインを強調するつくりで、どこかに武器を隠し持っているようには見えない。小娘の方もジャケットを着ておらずブラウスだけで、ボトムはズボンだ。

「そっちの娘、ブーツとポケットだけ改めさせろ。後はまあ……いいか」

艦長は簡単な身体検査で済ませることにした。提督の女にべたべた触れて、後で叱責されるのが怖かったのだ。

「この女たちを船倉……はまずいか、空いてる船室に案内しろ。一応、鍵はかけておけ」

すると小娘が懇願する。

「すみません、水を一杯貰えませんか?」

「わかったわかった、後で運ばせる」

手を振って追い払い、後は水兵に任せる。

その間にも、外では動きがあったようだ。ボートが何艘《なんそう》も湾内に出て、松明《たいまつ》やカンテラで水面を照らしている。何かを捜索しているらしい。

「おい、あいつらを艦に近づけさせるな。明かりが水面に反射するせいで、眩《まぶ》しくて何にも見えん」

すると伝令が駆け込んでくる。

「侵入者が湾内に逃げたという情報があり、本艦にも協力要請が出ています」

「要請? ということは提督ではなく参謀か副官あたりか?」

「はい、参謀殿が指揮を代行しておられます」

提督の幕僚である参謀や副官たちに指揮権はない。だが提督が潜伏中というのなら、ここは協力しておかないとまずいだろう。何もしなかったと報告されると解任されるかもしれない。

「仕方ない、艦を湾の入り口に出して封鎖してやる。だが何かあったらお前が責任を取れよと伝えておけ。おい、近場にいる乗組員を呼び戻せ! 最低限の人数がそろったら抜《ばっ》錨《びょう》だ！」

二人の女性客を乗せたまま、戦列艦サラカディーンは帆を膨らませてゆっくりと動き始めた。

＊　　＊

「この船室、ベッドも窓もありますね」

クリミネ少尉がベッドに寝転びながら言うので、ユギ大尉は軽くうなずく。

「窓のない船倉だと真っ暗で危ないですし、かといって今日来たばかりの私たちにランプやロウソクを渡すのは不安でしょうからね」

「ああ、それで船室に……なるほど」

深くうなずいているクリミネ少尉を尻目に、ユギ大尉は紅玉髄の簪を髪から抜き放つ。

「ですが火種は作ることができます」

「火打ち石を持っているんですか？」

するとユギ大尉は指先で簪をクルクルともてあそぶ。

「ええ、持っていますよ。なんでこう、フォンクト中尉には全部バレているんでしょうね」

「何がですか？」

クリミネ少尉が首を傾げると、ユギ大尉は簪から紅玉髄を外しながら答えた。

「この簪は鋼鉄製で、こちらの石は紅玉髄です。カーネリアンと言った方がわかりやすいでしょうか？」

「あ、うちの実家にカーネリアンの塊を彫った壺《つぼ》や彫刻がたくさんあります」

クリミネ少尉の実家が準貴族の大金持ちだ。

ユギ大尉は紅玉髄の塊を手に取り、簪をカツカツと打ち付けた。

「石英質の玉石はどれも火打ち石として使えます。やる人はあまりいないでしょうから、髪に挿していても気づかれません」

「なるほど」

うなずきながらクリミネ少尉はシーツをピピッと裂く。

「これ使いますか？」

「ありがとうございます。飾り帯を燃やそうかと思っていたんですが、シーツの方が燃えそうですね」

しばらくすると船室に明かりが灯った。

「船室にカンテラが常備されていて助かりました。では少尉、これを預かっていてください」

「了解です」

クリミネ少尉はカンテラを受け取ると、灯火管制用の金属板をスライドさせて光量を絞る。窓からの月光があるため、カンテラの光は最小限でいい。

ユギ大尉はドアを見る。

「さて、後はどうやって外に出るかですが……」

窓は採光と通気のための小さなもので、外には出られない。軍艦なので船体側面に大きな開口部は作れないという事情もある。

不意にユギ大尉はニコリと笑う。

「来たようです。後は頼みましたよ、少尉」

「善処します」

緊張した面持ちの部下を残し、ユギ大尉はドアの裏側に潜む。

ほぼ同時にドアが開き、コップを持った水兵が入ってきた。

「ほらよ、水だ。……あれ、もう一人はどうした？　あのパイオツのデカい方の……」

クリミネ少尉がややムッとした表情で応じる。

「聞きたいのはこっちですよ。あなたたちが連れていったんでしょう？」

「えっ、聞いてないぞ？」

するとクリミネ少尉がカンテラを指差す。

「尋問するって言って連れてったんですよ。その証拠に、カンテラに明かり点いてるでしょ？」

「本当だ。誰だ、勝手なことしやがって……さては船倉に連れてったな」

何か思い当たる節があるのか、水兵はコップをサイドテーブルに置きながら渋い顔をする。

クリミネ少尉がすかさず食いついた。

「船倉で何をするつもりなんです？」

「そりゃ決まってんだろ、こんな男だらけの場所にあんな美人が来たら……」

会話を最後まで聞かず、ユギ大尉はスルリと廊下に出る。音を立てずに背後に回り込むのは得意中の得意だ。水兵はクリミネ少尉とカンテラの光に注意を向けており、気づく気配すらなかった。

狭い廊下を猫のように歩きながら、ユギ大尉は紅玉髄の簪を抜く。試運転は上々、これを使えばいくらでも火種が生み出せるだろう。艦内には油も火薬もある。

（何もかもフォンクト中尉の思惑通りというのは、暗殺者として面白くないですね。いかに彼が切れ者とはいえ、素人《しろうと》の掌の上というのは）

ちょっと唇を尖《とが》らせたユギ大尉だったが、やがてニヤリと笑う。

（では彼の想像を絶するような絶技をお披露目するとしましょう）

ユギ大尉は音も光もない闇の中へと消えていく。

戦列艦サラカディーンの船倉で大規模な火災が発生したのは、それから少し後のことだった。

＊　＊

「サラカディーンが燃えてるぞ！」

浜辺にいた水兵たちが叫んでいる。

この島に一隻しかない軍艦サラカディーンは、確かに炎上していた。

煙の匂いがこちらまで漂ってきているが、どうやら砲弾用の火薬が燃えているようだ。

黒色火薬は引火すると爆発するイメージがあるが、密閉されていない空間では爆発はしない。手持ち花火みたいに燃えるだけだ。

しかしユギ大尉たち、派手にやってるなあ。

さて、俺も自分の仕事をしないとな。俺にしかできないことがある。

俺は茂みの中でヤブ蚊を追い払いながら考えた。

「どの辺でやろうかな……」

水兵たちは人数に応じてカンテラなどの灯火を持って移動しているので、おおまかな人の動きはわかる。

最初のうちは二~三人で動いていたようだが、どこかで指揮系統が回復したようだ。バラバラに動いていた水兵たちが二十人ほどの集団になり、それが三つできた。

「半個小隊での運用か」

この島にいる水兵は百~二百人程度だろうから、六十人も動員すれば他はかなり手薄になる。残りの人員は戦列艦の操船に回っているはずなので、建物の中は空っぽに近い状態だろう。

あいつらが戦列艦に行って消火活動を始めてしまうと、ユギ大尉たちが危険になる。その前に統制を乱してしまわないと。

「よし、ここでやるか」

俺は振り返り、最後の「切り札」を見た。

「お休みのところ申し訳ないが、もう一働きしてもらうぞ」

そして水兵たちの声色を真似て、大声で叫んだ。

「誰か来てくれ!　提督が死んでる!」

そう。俺にしかできないことというのは、水兵たちの声を真似ることだ。ユギ大尉たちは女性なので、水兵たちのようなガラガラ声は出せない。

一方、俺はここ数日の夜遊びで水兵たちの符牒《ふちょう》やスラングまで覚えている。

すぐに浜辺で動きがあった。

「おい、今のを聞いたか？」

「どうします!?」

「見間違いかもしれん。お前たち四人、行って見てこい」

一番近くの隊からカンテラが二つほど離れ、こちらに向かってくる。

すかさず俺は叫んだ。

「うわあっ！　助けてくれ！　誰か！」

ここで発砲。

「今の銃声は何だ!?」

「総員、声の方向に警戒前進だ！　俺についてこい！」

一番近くの隊がまとまってこちらに向かってきた。ここは藪《やぶ》の中だ。見つかりっこない。

だが提督の死体は見つけてもらわないと困るので、林道の方に出しておく。

さあ、後はずらかろう。

俺は藪を掻《か》き分け、水兵たちをやり過ごしてから浜辺に出る。

背後は大騒ぎだ。

「提督が殺されてるぞ！」

「警戒しろ！　提督の遺体を運べ！」

あの半個小隊が戻ってくる前に、浜辺を混乱に陥れないと。

俺はさっきとは声色を変えて、再び怒鳴る。

「提督が殺された！　もうおしまいだ！　逃げろ！」

軍閥のトップであるテルゼン提督が死に、この秘密基地にある唯一の軍艦が炎上している。ソフト面とハード面、両方の大黒柱が失われた形だ。相当な衝撃だろう。

それでも水兵たちの士気が崩壊するとは限らないが、多少でも統制が乱れれば脱出の隙が作れる。

いずれにせよ、ここに長く留まるのは危険だ。

浜辺には篝火が焚《た》かれているが、おかげで闇はより濃くなっている。明るい光のせいで目の暗順応が解けてしまい、みんな夜目が利かない状態だ。

それは俺も同じなのでだいぶ苦労したが、桟橋に繋留されているボートを見つけた。付近に水兵はいない。あれを貰っていこう。

「おい、待て」

背後から声をかけられ、俺は立ち止まる。

今の俺は水兵たちと同じ服装をしているが、顔を見られれば「誰だコイツ？」となるのは明らかだ。

そっと振り返ると、下士官らしい男がこちらを見ていた。腰に拳銃を吊っているな。厄介だ。

「お前、見ない顔だがどこの所属だ？」

「海軍工廠の職人です。提督に呼ばれて今夜来たばかりなんですが、提督が死んだんじゃ……」

帝国軍が雇っている職人たちは軍人ではなく軍属扱いだ。普通の民間人を雇っているだけなので、身元の照会に時間がかかる。特にこんな島では不可能だろう。

案の定、下士官は渋い顔をしている。

「だからといって勝手にうろちょろするな。手が空いているのならこっちに来て手伝え」

まずい。脱出できそうにないぞ。

そのとき俺の横を誰かが駆けていく。

「ボートがあったぞ！」

「よし、出せ！」

二人の水兵がボートに飛び乗ろうとしている。

それを見た下士官が拳銃を抜いた。

「貴様らぁっ！　逃亡は許さん！」

躊躇なく撃つ。銃声と共に水兵の片方が海に転落した。

「ケッ、うるせえ！」

生き残った水兵は相棒を見捨てて、そのままボートを漕ぎ始めた。さすがに水兵、ボートがぐんぐん加速していく。

下士官は慌てて弾を込め直しているが、もちろん間に合わない。

その間に動揺が広がっていく。

「なんだ？　また銃声か？」

「何が起きた？」

すかさず俺は叫ぶ。

「脱走兵だ！　ボートを奪って逃げやがった！」

この島には百人以上の人間がいるが、全員が退避するにはボートも快速艇も足りない。戦列艦なら余裕で全員を収容できるが、その戦列艦は炎上中だ。

——このままだと島に取り残される。

その恐怖が最後の一押しになった。

「逃げろ！」

「そのボートをよこせ！」

「貴様ら、持ち場を離れるな！」

「うるせえ！」

あちこちで乱闘が始まり、パンパンと銃声が轟く。砂浜に何人か倒れるが、これは俺のせいじゃない。と思う。

さっきの下士官はというと、別の水兵たちに袋叩きにされていた。

「威張り腐ってんじゃねえぞ、こら！」

「提督が死んだのならてめえらに遠慮する理由なんかねえ！」

「殺しちまえ！」

俺のせいじゃない。……と思う。

下手にボートの争奪戦に絡むと死にそうなので、俺は桟橋の片隅に座っておとなしくすることにした。

そのうちに快速艇も強奪されたらしく、ゆっくり動き出した。

「おい、乗せてってくれ！」

「おう、いいぞ！　早く乗れ！」

しかし桟橋に多数の水兵が群がり、『蜘蛛の糸』の亡者みたいになってくる。

「いつまで経っても出航できねえだろ！」

「これ以上は無理だ！　あっちに乗れ！」

「頼む、置いてかないでくれ！」

あっちも揉《も》めてるな。

もともと水兵たちは民間の船乗りで、海軍への帰属意識は薄い。交易船でも漁船でも食っていける。だから何かあればさっさと河岸《かし》を変える。

この様子なら俺が捕まる心配はなさそうだが、ユギ大尉たちと合流できないな。

最悪の場合、俺はここに置き去りでも構わない。任務を達成し、誰かが帰って報告してくれればそれでいい。俺も軍人の端くれである以上、覚悟はできている。

うまくやれば無事に生き延びて自力で帰還できるかもしれないしな。


そんなことを思いながら海面を眺めていると、何かがちゃぷりと浮き上がってきた。

さっき撃たれた水兵かな？　救助してやろう。

そう思って顔を近づけると、聞き慣れた声がする。

「何やってんですか、帰りますよ」

おお、クリミネ少尉だ。

「よく泳いでこられたな」

するとクリミネ少尉は一ガロンサイズの小さな酒樽《さかだる》をペチンと叩いた。

「これを抱えて泳いできました。『洗濯屋さん』の分もありますよ」

「それは助かる」

「急ぎましょう。『玩具屋さん』が戦列艦の救命艇を確保しました」

俺はブーツを脱ぎ、上着でくるんで樽の取っ手にくくりつける。卓上に運ぶこともあるので取っ手がついてる。

感心しつつ樽の焼き印を見る。

「これ、中身はどうした？」

「海に捨てましたけど」

「そうだよな」

十年物のブランデー、二ガロンか……この辺の魚たち、今夜は酒宴だな。

俺は空樽《あきだる》を抱えて海に入り、飛沫《ひまつ》を立てないように静かに泳ぎ始める。

「『玩具屋』が来ると思ってたが、君だったか」

するとクリミネ少尉はニコッと笑った。

「『玩具屋さん』が言ったんですよ。私なら『洗濯屋さん』がどこにいても、すぐに見つけるだろうって」

「なるほど？」

確かにすぐ見つけてくれたみたいだし、おかげで助かった。

ちらりと振り返ると、さっきまでいた桟橋にも乗り遅れた水兵たちが集まっていた。島の周辺の海流が危険だと知っているせいか、泳ごうとする者はいない。

そのぶん殺気立っていて、中にはボートめがけて発砲するヤツもいた。海賊みたいだ。

さっきの下士官はというと、桟橋のたもとに崩れ落ちていて動く気配がない。

幸い、俺たちは全く気づかれていない。炎上する戦列艦と浜辺の篝火が目くらましになっていて、波間を漂う俺たちの姿は闇に溶け込んでいるようだ。

クリミネ少尉は嬉しそうに語りかけてくる。

「どこにいても、必ず見つけ出しますからね」

「ありがとう。頼もしいな」

俺は戦友に礼を言ったが、見えない環《わ》が狭まっていくような違和感を拭い去れずにいた。

なんだろう、これは……。

＊　＊

「大変な冒険だったな」

帝室儀礼大隊本部で、金髪の美人大隊長が苦笑している。

「テルゼン提督の抹殺に成功しただけでなく、海軍の秘密基地まで発見するとは見事だ。

皇帝陛下もお喜びだろう」

そう言う大隊長の目は、なぜかとても冷え切っていた。

「帝室はこれを契機に、海軍上層部の人事を一新するようだ。提督たちも文句は言えまい。テルゼン提督がやっていたことは大幅な越権行為だし、帝室には彼を抹殺するほどの力と意思があることも明らかになった」

俺は一応、釘を刺しておく。

「同じことをまたやれと言われてもできませんよ」

「そうだな。だがこれで提督たちは震え上がり、内心はどうあれ表面的には忠誠を誓うだろう。これでまた、皇帝の治世はしばらく続く」

俺は溜め息をつくしかない。

「姑息《こそく》な延命策です。根本的な解決になっていませんよ」

「まあいいじゃないか。根本的な解決など我々には不可能だ。もしそれを望むのなら」

大隊長の目が、レンズの奥でスッと細められる。

「真っ先に処刑せねばならない者がいるからな」

皇帝のこと？　冗談にしては重すぎる。

そういえば大隊長の娘さん、赤ん坊のときに刺客を差し向けられたんだよな。うちの中隊長のことだけど。

どうも何か秘密がありそうだ。

「ところでユギ大尉の経歴について、本人からお聞きしました。あれ本当ですか？」

「ああ、シャオ大朝国の」

「そうです」

「近くにある島から来た、隠密集団の末裔《まつえい》だという」

「それは聞いてないです」

俺が聞いたのと違う。ニンジャ？

大隊長はフフッと笑う。

「ミナカが東方流民の末裔なのはおそらく間違いないが、細かい部分は本人にもわからないんだ。おそらく複数の流民が合流し、複雑な集団になっているのだろう」

ずいぶん欲張りな集団だな。カンフーニンジャとか出てきそうだ。あ、うちの中隊長か。

だがいずれにせよ、この世界に東洋があるのは間違いなさそうだ。ちょっと気になるな。

米食えるかな。

おっと、話がそれた。

「刺客を差し向けたのは誰です？」

「なんだ、そんなことまでしゃべったのか。あいつも意外とおしゃべりだな」

大隊長は少し渋い顔をしたが、こう答える。

「あの子の父親だよ」

「偉い人なんですか？」

「偉かったな。なんせ前の皇帝だ」

……ちょっと待ってね。

「つまり娘さんは現皇帝の異母妹？」

「そういうことになるな。あのヒヒジジイ、私を無理やり孕《はら》ませた挙げ句に隠し子を殺そうとしたんだ」

先代の皇帝って確か、だいぶ前に隠居してたけど十年ほど前に急死していたはずだ。

「まさかとは思いますが……」

「おいおい、『洗濯屋』が汚れをほじくり返すような真似をしちゃいかんな。こんなことは皇帝陛下もご存じあるまい」

ニヤリと笑い、大隊長は机に腰掛ける。

「汚れは濯いだ。真っ白になった。それでいいじゃないか」

「まあ、はい」

たぶんユギ大尉に逆襲させたんだ。雇い主もまさか刺客が自分を殺しに戻ってきたなんて思わないだろうしな。

儀礼大隊が秘密警察になってきたこともヤバいが、それ以上にヤバい秘密を知ってしまった。

「聞くんじゃありませんでした」

「たぶんミナカはお前を巻き込むために秘密を打ち明けたんだろう。ずいぶん見込まれたな」

「嬉しくないです」

俺は溜め息をつき、それから敬礼する。

「では小官はこれで」

「ああ。今回は大活躍だったな。五日ほど休暇を取るといい」

「いえ、洗濯なら一日あれば終わりますが」

洗濯物がだいぶ溜まってしまったので、今日は宿舎に帰って洗いまくる予定だ。天気もいいしな。

すると大隊長が苦笑する。

「お前、リーシャに借りを作ったらしいな?」

「ああ、そういえばそうでした」

テルゼン提督暗殺のとき、偽装のためにクリミネ少尉には喘ぎ声をお願いしたからな……。なんか埋め合わせしてあげないと、さすがにまずいだろう。約束もしている。

俺は苦笑した。

「ですが、それは洗濯物を干してからでいいでしょう。半日あれば十分ですよ」

「向こうがそう思っていればいいがな」

それもそうか……。

「では五日間の休暇を申請しておきます」

「ああ、こっちで処理しておくからもう行っていいぞ」

「ありがとうございます」

俺は敬礼して廊下に出る。

＊　＊

俺が廊下に出た瞬間、それを見ていたかのようにクリミネ少尉がササッと現れた。

「休暇を取得されたそうですね、フォンクト中尉殿」

「盗み聞きは良くないな、クリミネ少尉」

俺は苦笑しつつ、髪を掻き上げる。

「で、埋め合わせは何がいいんだ？」

「またどっか食べに行きたいです。お勧めはありますか？」

「チーズが好きなら、この間のレストランを経営している牧場に遊びに行くか？　熟成させずに食べる新鮮なチーズがあるそうだ。傷みやすいので帝都の直営店にも卸してないらしい」

いわゆるフレッシュチーズだ。モッツァレラとかカッテージとかが該当するが、こっちで何て呼ぶのかは知らない。

冷蔵庫のない時代なので産地周辺で消費されることが多く、帝都ではあまり縁がない食べ物だ。

案の定、クリミネ少尉が目を輝かせる。

「もしかして結構遠いですか？」

「そうだな、途中で一泊は必要になるか……」

現地でも一泊した方がたくさん食べられるだろうし、三泊四日の旅行になるな。めんどくさくなってきた。

「じゃあすぐに行きましょう。今行きましょう」

「待て待て、駅馬車の便を確認してからだ。儀礼大隊の馬を借りる訳にはいかないからな」

「ああ、それなら実家の馬車を呼ぶから大丈夫ですよ。帝都にもお屋敷がありますし」

そういやこの子、富豪のお嬢様だった。

クリミネ少尉は嬉しそうに俺の手を取る。

「私のお腹を満たしてくださいね」

この子が言うと、なんか引っかかるんだよな……。気にしすぎかな？

この旅行がまた面倒事の火種になるのだが、このときの俺はまだ何も知らずにいた。

知ってたら絶対に行かなかったと思う。

番外編Ⅰ

私は暗殺者だ。

東方流民の末裔《まつえい》で、武芸に長《た》けた家系。

しかし東方人の外見では「ちゃんとした帝国人」としては扱われず、平民の中でも一段落ちる存在とされる。完全な差別だが、叫んだところでどうにもならない。

私に選べる道は三つ。

故郷に留《とど》まり、山間部の荒れ地でソバやヒエを栽培しながら一生を終えるか。

夜の街に出て、東方人の特異な容姿で客を取るか。

先祖伝来の奥義で戦い、糧を得るか。

迷うことなく私は最後の道を選んだ。

そしてその道が今、恐ろしい終端へと続いていることに気づいた。

＊　＊

私は指定された屋敷に潜入し、衛兵や使用人たちに全く気づかれることなく、寝室の前までたどり着く。標的以外は誰も殺してはいけないと言われた以上、気づかれる訳にはいかない。

寝室のドアに耳を当て、室内の音を聞き取る。

――人の会話なし。室内の人数は不明。

――人の物音なし。室内の人数はやはり不明。

――風の音なし。窓は閉ざされている。

ドアは施錠されていたが、簡素な構造の打掛錠《うちかけじょう》だ。屋内のドアに使われる鍵はだいたい防犯用ではないので、簡素なものが多い。

懐紙を折ってドアの隙間から滑り込ませ、簡単に解錠する。後は音がしないようにだけ注意しておけばいい。

こんなものは本職の暗殺者に対して何の備えにもならず、単に居場所を教えているようなものだ。なにより「施錠した」という安心感が、警戒心を緩ませる。

私は蝶番《ちょうつがい》が軋《きし》まないように静かにドアを開け、室内に滑り込んでドアを閉めた。もちろん打掛錠はありがたく使わせてもらう。便利だ。

室内にはベッドが一つ。小さなおくるみが置かれていた。

私はベッドに歩み寄ると、そのおくるみに懐刀を突き立てる。

そして一言。

「これで納得《い》しましたか?」

「ああ。ただし本番では刃物は使うな。それと誰にも気づかれないように」

暗がりから男性の声がした。

室内にいるのはこの男性一人だけ。この人物が紹介された依頼人だろう。発音からすると平民出身だが、私が知るどの階層の人間とも雰囲気《ふんいき》が違っていた。

「雇う前に試験とは、ずいぶん用心深いですね」

おくるみをほどくと、中身はカボチャだった。懐刀を抜き、おくるみで拭いて鞘《さや》に戻す。

「カボチャの暗殺代金も貰《もら》いますよ。人をタダで試せるなどとは思わないことです」

「わかっている。カボチャと一緒に持っていけ」

おくるみの中に金貨が一枚見えた。これだけあれば十日は遊んで暮らせる。

「やり方は気に入りませんが、払いは悪くないですね。話を聞きましょうか」

するとと依頼人の男性は小さくうなずく。

「わかった。気づいたと思うが、殺害対象は赤ん坊だ。できるか？」

「私が赤ん坊に負けるとでも？」

「いい返事だ。肝心なときに刃が鈍っては困るからな」

それは確かにそうだ。

赤ん坊を殺すだけなら素人《しろうと》でもできるが、いざとなると怖《お》じ気《け》づいてしまう者が多い。まともな人間の多くは、心の奥底に殺人への忌避感がある。

かといって、まともではない人間に仕事を依頼するのは危険だ。

だから私のように、仕事として殺人を引き受ける者が必要になる。

依頼人の考えは理解できるので、私はあまり詮索しないことにした。これ以上の詮索は命取りだろう。

私は懐刀と金貨を懐に納め、依頼を引き受けるにあたって必要なことを確認しておく。

「こちらからも、いくつか質問をさせてもらいます。その上で引き受けましょう」

「答えられる範囲で真摯に答えよう」

会話をしていて、この男が本当の依頼人ではないことがなんとなく察せられた。おそらくは代理人。あるいは代理人のそのまた代理人かもしれない。

「標的の赤ん坊は何者です？」

「答えられない。その代わりに報酬は相場の三倍払おう」

そうきたか。

生かしておけない赤ん坊ということなら、母親か父親の素性に何かあるのだろう。赤ん坊自体が何かをする訳ではない。

そして、そこについては回答を得られなかった。かなり危険な依頼のようだ。

「刃物を使うなという指示は構いませんが、自然死に偽装するのなら私が乳母《うば》にでもなって潜り込んだ方が確実ですよ。なぜ屋敷に忍び込んで殺すんです？」

男は少し考える様子をみせたが、すぐに口を開いた。

「それくらいなら答えても構わないだろう。赤ん坊の母親がやたらと鋭くてな。使用人は全て自分で面接し、怪しいと思った者は全て落とす。乳母経験者や役者を使って潜入を試みたが、全員追い返された。お前では無理だ」

どうやら最も警戒すべきは赤ん坊の母親らしい。

「母親は殺害対象ではないのですよね？」

「そうだ。絶対に殺すな。屋敷の人間はもちろん、近所の人間も殺してはいかん」

「元より標的以外に危害は加えませんから、そこは安心してください」

どうやら本当に赤ん坊だけを殺したいらしい。赤ん坊を殺すという非道な依頼の割に、依頼人の考え方はまともなようだ。

何か引っ掛かるものがある。

……そうか。

まともな思考ができる人間が赤ん坊を殺そうとするのは、よほど切羽詰まった事情があるからに違いない。良心の呵責《かしゃく》、露見したときの危険、その他もろもろを背負《せお》いこんだとしても殺したい赤ん坊がいる。かなり異常な事態だ。

そしてそういう人間がここまで手の内を明かした以上、依頼を断れば私は殺される可能性が高い。

武芸に熟達したところでしょせんは生身の人間、眠っているときまで戦える訳ではない。狙われる立場になった刺客は脆《もろ》い。

これはもう受けるしかないか。

私は覚悟を決め、それから最後の質問をした。

「報酬はどれくらいですか？」

＊　＊

それから数日後、私は山奥の集落に潜伏していた。

標的がいると思われるのは、集落の中心部にある貴族の別荘。おそらくは代官の屋敷だった建物だ。

試験のために潜入した屋敷と間取りが酷似しており、内部の様子は手に取るようにわかる。

幸いなことに、屋敷には護衛がいない。丸腰の使用人は数人いるが、大半は集落から通いで来ている。深夜は住み込みの老メイドしかいないようだ。

標的以外は殺すなと厳命されているので、これはありがたい。

赤ん坊は二階の一室におり、施錠された窓からの侵入は難しい。換気のときは必ず室内に人がいるので、見つからずに殺害することは不可能だろう。そして夜間は鎧戸《よろいど》で閉ざされる。

そうなると階段側からの侵入になるが、入り口は玄関と勝手口の二カ所。いずれも施錠されている。一階の窓は全てに鉄格子が嵌《は》まっていて、侵入できない。屋敷に近づくと集落の人間に見つかってしまうため、事前に破壊工作をしておくこともできない。

「思った以上に堅牢《けんろう》ですね……」

この二日間、ずっと隙をうかがっているが、なかなか好機が来ない。

こんな山奥の集落では、部外者の私は見つかった時点で怪しまれる。依頼人は刺客を行商人に変装させることも実施したそうだが、集落の入り口で追い返されたらしい。

仕方ないから潜伏しているのだが、周囲は集落の里山になっているため、薪拾いや山菜採りのために住民がしょっちゅう来る。長くは潜伏できないだろう。

それに何より、手持ちの食料がそろそろ尽きる。山菜採りや狩りをする時間はないし、煮炊きの煙を見られる訳にもいかない。

つまり早急にどうにかしなければならない、ということだ。

今の状況で暗殺を強行するなら、もう深夜しかないだろう。日中はとても無理だ。

幸い、天候が崩れ始めた。今夜は雨になるだろう。雨音が私の立てる音を掻《か》き消《け》してくれる。

後は出たとこ勝負になるが、もうやるしかない。これほど危険な依頼を引き受けた以上、失敗すれば何をされるかわからなかった。

「行きましょうか」

私は集落の灯火が全て消えるのを待ってから、雨の中を動き出した。

＊　＊

屋敷の玄関はしっかり施錠されていた。軽く引いてみた感触では、おそらく二カ所以上施錠されている。私は錠前師ではないので、ここを突破するのは無理だろう。

となると二階から直接侵入するしかないが、全ての窓に鎧戸があり、厳重に閉ざされている。一階の窓は鉄格子で守られているし、これは完全にお手上げだ。

証拠を残してもいいのならこんなもの壊して押し入るのだが、気づかれるのも契約違反になる。道理で報酬が良い訳だ。

途方に暮れてしまったが、そのとき階段の窓に明かりが点った。誰かが蠟燭《ろうそく》の明かりを頼りに、階段を下りてきたのだ。

物陰で息を潜めていると、勝手口が開く。老メイドが傘を差しながら出てきた。

「やだねえ、こんな雨でも小便は出るんだからねえ……」

使用人用のトイレは裏庭にある簡素な小屋だ。

この屋敷を建てた人物は、自分の屋敷に使用人用のトイレを作ることが我慢できなかったらしい。貴族にはそういう者が多いが、そのおかげでチャンスが生まれた。

老メイドが小屋のドアをパタンと閉じたのを確認してから、私は勝手口に忍び寄る。

勝手口は鉄棒がスライドするタイプの錠で、外からは施錠も解錠もできない。だから老メイドも施錠しておらず、楽々と侵入できた。

いくら厳重に施錠したところで、中にいる人間が開けてしまえば意味はない。

雨避《あまよ》けの外套《がいとう》を脱ぎ、物陰に隠す。床に水滴を残す訳にはいかない。

さてと、老メイドが戻ってくる前に赤子の命を奪うとしよう。……想像したら気が重くなってきた。

屋敷の中はほぼ真っ暗だが、日没後から目を暗闇に慣らしておいたので問題はない。階段をそっと上り、寝室の前までたどり着く。

寝室には予想通り、打掛錠がかかっていた。スライド錠だと私の手には余るが、打掛錠なら薄刃のナイフ一本で開けられる。

建物の構造だけでなく、錠の種類まで試験のときと全く同じだ。

……まさかとは思うが、あの試験で使った屋敷はこのために改装されていたのだろうか？　だとすると相当な大物だ。

ドアを開けると室内は真っ暗だ。屋敷の主人が使う天蓋付きのベッドがあり、その横に赤ん坊用の柵つきの小さなベッドがあった。

天蓋付きのベッドはカーテンが下りているが、おかげで好都合だ。赤ん坊用のベッドに忍び寄る。

「動くな」

ベッドの中身を確認するよりも先に、カーテンの向こうから若い女の声がした。気づかれたか。

こうなってしまっては仕方ない。赤ん坊だけでも始末しなくては。

そう思ったが、私はなぜか動けずにいた。

カーテンが開き、マスケット拳銃を構えた女性が顔を覗《のぞ》かせる。眼鏡《めがね》をかけた金髪の美女だ。

銃口がこちらを向いている以上、この女を行動不能にしなければ私が殺される。今すぐにナイフを投げなくては。

そう思ったのに手は動かず、代わりに口が動いた。

「気づいていたのですか？」

すると金髪の美女は私を睨《にら》みつつ、フッと唇を歪《ゆが》ませて笑う。

「お前、さては赤ん坊を育てたことがないな？　一晩ぐっすりとは寝ないんだよ、赤ん坊ってヤツはな」

「あ、最初から起きていたんですか……」

「雨の日は機嫌が悪くて、夜中に何度も起きるんだ。ベッドに置いた瞬間に起きるし、お前みたいなのは来るし、もうさんざんだよ」

「なんかすみません」

こんなところで育児談義をしている場合ではないのに、どうしても殺意が湧かない。

かといってこのまま帰してもらえるとも思えないので、私は暗殺者として問いかける。

「私みたいなのが来ている訳ですが、その銃で撃たないのですか？」

「やっと寝かしつけたとこなのに、銃なんか撃ったらこいつが起きちゃうだろ？　見逃してやるから、とっとと帰ってお前の雇い主に言え。『父親が赤子を殺すような国は終わりですよ』となっ」

この口ぶりだと、依頼主はあの赤ん坊の父親なのだろうか。少なくともこの女はそう考えているようだ。

母親として我が子を父親から守ろうとしているらしい。

心情としてはこの女に与《くみ》したいが、依頼は依頼だ。私は薄く笑う。

「撃たないのなら、こちらから行きますよ？」

「そのときは覚悟を決めて撃つからな」

凄《すご》みのある警告だったが、私は一歩前に出る。

「おい……」

「その銃、弾が入っていないと見ました」

私は赤ん坊用の寝台を飛び越え、カーテンを切り裂いてベッドに飛び込む。

女は驚いた顔をしたが、やはり引き金は引かなかった。

「くっ⁉」

銃で殴ろうとしてきた手首をつかみ、関節技でねじって銃を捨てさせる。そのまま手首と肘と肩を極め、うつ伏せにしてベッドに押し付けた。

「は、放せ！」

殺そうと思えば一瞬で殺せるが、この女は標的ではない。組紐《くみひも》で後ろ手に縛り、そのまま転がしておく。

「撃てるのなら最初に無警告で撃つはずです。そうしなかったのは、弾が入っていないから。暴発で我が子を失うようなことがあってはならないから、普段は火薬も弾も込めていないのでしょう」

「くそっ……」

標的を探すと、ベッドの片隅におくるみが置かれていた。赤ん坊の顔が見える。この騒ぎだというのにすうすう眠っていた。おくるみは丁寧に巻かれていて、赤ん坊が寝冷えしないようにという母親の愛情を感じさせる。

「ばあや！　賊だ！　ばあや！」

「ばあやさんなら外の厠《かわや》ですよ」

私はナイフを構えた。自然死に見せかけることはもう無理なので、これで一突きにしよう。

依頼の条件は達成できないが、標的を殺すところまではクリアしておかないと申し開きすらできない。

今回は大失敗だったな……。

そんなことを考えながら、私はまだ赤ん坊の寝顔をぼんやり眺めていた。母親と同じ金髪の赤ん坊だ。確か両親ともに金髪でないと金髪にはならないと聞いたことがある。ということは依頼人も金髪だろうか。

いや、今はそんなことはどうでもいい。さっさと刺して終わりにしよう。

……おかしい。刺せない。手が動かない。

そのうち女も何か変だと気づいたのか、私に声をかけてきた。

「おい、どうした?」

「いえ……」

そのとき私は、自分の声が震えていることに気づいた。信じられない話だが、標的を前にして動揺しているのだ。暗殺者である私が。

あまつさえ、こんな言葉まで漏れ出した。

「あっ……赤ちゃん……かっ、かわいい、ですね……」

「お、おう」

我が子を殺しに来たヤツから誉《ほ》められても嬉《うれ》しくないだろうが、それでも女は返事をしてくれた。

眠っている赤ん坊は穏やかな表情で、この世の平穏と愛情の全てを集めたような輝きを放っていた。唇があむあむと動いているから、夢の中でおっぱいでも吸っているのだろうか。

小さな手はぎゅっと握られていて、シーツをつかんでいた。

「かわいい……」

赤ん坊だって殺せると思っていたのに、実際に殺そうとしたら手が震えて動かない。できない。

もしこの子を殺したら、きっと私の心が壊れてしまう。今の私ではいられなくなる。

理由はわからないが、はっきりとその確信があった。

「こっ……こんなにかわいい赤ちゃんを殺そうとする人がいるなんて……」

「お前だろ、お前」

「違います！　私は依頼されただけで……いえ」

私は唇を嚙《か》む。

「そうですね。依頼したのが誰であれ、殺しに来たのは私です。でもそれなら」

私はナイフを鞘に納めた。

「この子を生かすことができるのも私ですよね」

目をぱちくりさせる女。よほど意外だったのだろう。

しばらくして、ようやく声を出す。

「え？　ああ、うん……まあそうなんだが、お前それでいいのか？」

困惑しきった様子で女が尋ねてきたので、私は組紐の拘束をほどきながら答える。

「すみません、私にはやっぱり赤ちゃんは殺せません。暗殺者は今日で廃業します」

「いや、そんな宣言されても私は知らんぞ⁉」

溜《た》め息《いき》をついた女は、ベッドに腰を下ろす。

「で、どうするんだ？　帰るのか？」

「やっぱり帰った方がいいですよね。殺し屋ですし」

気まずい沈黙が流れる。

すると女は雨の音に耳を澄ませて、ニッと笑った。

「どうせ傘も持たずに来たんだろう？　雨が止《や》むまでいていいぞ」

「いいんですか？」

「あの状況で娘を殺さなかった以上、お前にはもう殺意がないと判断するしかない。娘に危害を加えないのなら敵じゃないよ」

嘘《うそ》みたいにあっさり信用された。許された……のだろうか？

「もう少し警戒した方がいいのではありませんか？」

「警戒したって私じゃお前に勝てないだろ。合理的に判断したまでの話だよ」

それはそうかもしれないが、なんだか面白い女性だ。

「あの、赤ちゃん抱いてもいいですか？」

「ダメだ」

おずおずと頼んでみたが、やっぱり断られてしまった。それはそうか。

しかし女はあくびをしながら頭を掻く。

「やっと寝たところなのにまた起きられたら困る。次に目を覚ましたら好きなだけ抱かせてやるよ。ついでに寝かしつけも頼む」

「いいんですか？」

「抱きたいんだろ？」

「それはまあ、はい」

さっきまで殺すか殺されるかの間柄だったというのに、私は急速にこの女性に好意を抱き始めていた。どう考えても只者《ただもの》ではない。

赤ん坊を殺すような依頼をしてくる連中と、命懸けで赤ん坊を守ろうとしているこの女性。

同じ女性として、どちらに与すべきかは明白だ。

私は再びナイフを抜いた。もちろん鞘に納めたままだ。

それを両手で捧《ささ》げ持ち、女の前に差し出す。

「刺客に成り果てた身ではありますが、私はシャオの古き武門の末裔。その誇りにかけて、あなたに我が剣を捧げます。今からあなたが私の主です」

「おいおい、さっきの今で雇い主を裏切るのか？」

「赤ん坊を殺せない以上、戻っても殺されるのがオチです。それならいっそ、赤ん坊を守る方が武人らしくていいかなと思いまして」

「お前、メチャクチャ身勝手なヤツだな……」

女は呆《あき》れた顔をしたが、ナイフを受けとる。鞘からナイフを抜き放つと、私の肩に切っ先をチョンと乗せた。

「あー……あれだ、お前の剣と忠誠を受け取ろう。今からお前は私の騎士だ。これでいいか？」

「はい、ありがとうございます」

まだ名前も知らない初対面の女性だが、この人はもう私の主君だ。

私は床に膝をつき、頭を垂れる。

「私は暗殺者を生業にしておりましたが、複数の仲介人を通じて今回の仕事を紹介されました。そのため本当の依頼人については何も知りません」

「まあそうだろうな。お前の依頼人はフォルド二世だ」

「誰ですか？」

私が首を傾《かし》げると、彼女は信じられないものを見るような目をした。

「知らんのか、先代の皇帝だぞ」

その言葉に私は驚いた。

「あなたは先帝の愛人なんですか？」

「愛人も変人もあるか。あのヒヒジジイ、宮中の女官に片っ端から手をつけてるんだぞ。気に入られたら孕《はら》むまで毎日のように犯される。孕んだら孕んだで堕胎させようとするし、産んだら産んだで赤ん坊を殺そうとする」

「どうして？」

「そりゃお前、先帝の子なら帝位継承権を得る可能性があるからな。息子である皇帝に叱られるだろ」

信じられないような話に、私は動揺を隠しきれない。

「それだけの理由で赤ん坊を殺すんですか？　実の子ですよ？」

「そういうもんだよ、偉い人ってのはな。もっともあの卑劣な爺《じい》さんのことだ、間に仲介者を何人も挟んで素性は隠し通すだろう。お前に依頼したヤツが誰かは知らんが、そいつも何も知らないはずだ」

それを聞いたとき、私の中に明確な殺意が生まれた。

私は今まで、自分の為《ため》に人を殺したことはない。

「私の父なら、そんなこと絶対にしないのに……。母に先立たれて、私をずっと育ててくれたんですよ。父親って、そういうものじゃないんですか？」

「それはお前が幸運だっただけだ。悪いのを引き当てるとこの有り様だよ」

軽くあくびをして、女は私を手招きした。

「ほら泣くな。娘の夜泣きで苦労してるのに、刺客にまで泣かれたら私が眠れんだろ」

そう言われて初めて、自分が泣いていることに気づいた。自分でも訳がわからないが、涙が止まらない。

「もう刺客ではありませんよ。あなたのしもべです」

「わかったからちょっとこっちこい」

手を引っ張られ、ぎゅっと抱き締められた。柔らかな温《ぬく》もりと、どこか懐かしい匂い。

母親というのは、こんなにも温かく包み込んでくれるのか。

頭を撫《な》でられ、私は無意識のうちに女の胸に顔を埋めていく。

「お、やっと落ち着いたな。やれやれ、赤ん坊が二人に増えた気分だ」

私は自分でも何が起きているのかわからなかったが、なぜか「やっと帰ってこられた」という気持ちでいっぱいになっていた。

「母様……」

思わずつぶやくと、苦笑混じりの声と共に頭をわしわし撫でられる。

「よしよし、母様だぞ」

「ああ……」

ふっと緊張の糸が途切れ、私の意識は眠りに落ちていった。

＊　＊

「はっ⁉」

目を覚ましたときには、もう外が明るくなっていた。

「起きたか」

慌てて起き上がると、金髪の眼鏡美女が眠そうな顔をして私を見下ろしていた。

「お前な、暗殺のために押し入った家で堂々と寝るなよ」

「すみません」

ベッドの上で正座して、申し訳ない気持ちでうなだれる。

眼鏡の美女は赤ん坊を抱いていて、胸をはだけて母乳を飲ませていた。

んくんくと乳首を吸う赤ん坊に、私は思わず見入ってしまう。なんて儚《はかな》くて、なんて力強いんだろう。

しばらく無言でいると、眼鏡美女はぽつりと言った。

「お前が寝ている間に撃ち殺そうかと三回くらい悩んだよ」

「それは……そうでしょうね」

暗殺者にかける慈悲などないはずだ。

しかし美女は軽く溜め息をつく。

「だがどうしてもお前を殺せなかった。なんだか娘みたいに思えてな。変な話だろ、年格好も近いのに」

なんと答えていいのかわからず、頰を押さえてうつむくしかない。顔が熱い。

美女は赤ん坊に乳を飲ませ終えると、赤ん坊の背中をさすってトントンと叩《たた》いた。くぴっという小さなげっぷが聞こえる。

「よーしよし、いい飲みっぷりだ」

それから彼女は私をチラッと見る。

「お前も飲むか？」

「いいんですか？」

「いや、冗談に決まってるだろ。おい本気にするな。怖いぞ」

私がぐぐっと身を乗り出したので、彼女は慌てて少し退いた。

「でもお前のそんなところが妙に母性をくすぐって、どうしても憎めなかったんだよ。この甘さにつけこまれて孕まされたってのにな」

溜め息をついてから、彼女は私を見る。

「ここは私の実家が保有する荘園《しょうえん》だが、この子を守る護衛はいない。今の私たちは味方が一人でも欲しいんだ。お前みたいに腕っぷしが強くて、しかもあのクソ先帝の手駒だった人間なら大歓迎だよ。役に立ってくれるのなら、乳でも唇でも吸わせてやる」

確かにこの母娘《おやこ》には護衛の兵士すらいない。

この二人を守れるのが私だけだとしたら、それは武人の末裔として誇らしいことなのではないだろうか。

微《かす》かな高揚に胸を高鳴らせつつ、私はうなずく。

「では私が、あなたとお嬢様をお守りする剣となりましょう」

「そいつは頼もしいな。……だったら頼みがある」

眼鏡美女はレンズの奥から、決意を秘めた瞳をこちらに向けてきた。

「あのクソ爺が次の暗殺者を雇う前に決着をつけてしまいたい。この子を殺そうとするヤツは皇帝でも神でも私は許さん」

「同感です」

私はうなずき、ゆっくり立ち上がる。よほど熟睡したのか、疲れは完全に取れていた。清々しい気分だ。

窓から差し込む明るい光を浴びて、私は微笑《ほほえ》む。

「では私にお任せください」

＊　＊

数日後、私は指定された路地裏で依頼人と再会していた。

「無事に仕事をしてくれたようだな。集落の墓地に赤子用の小さな墓ができているのを確認した。住み込みの老婆も通いに変わっていたから、つまりはそういうことだろう」

そう。つまりはそういうことだ。

「特に騒ぎになっている様子もないそうだ。どうやらうまく自然死に偽装できたようだな。よくやってくれた。上に掛け合って、報酬には少し色をつけておいた」

どことなくほっとした様子の男が、ずしりと重い金貨の袋を手渡してくれた。警戒していた伏兵の気配もない。契約はきちんと守るということか。

ではこの男は殺さずに置いておこう。契約を守る人間に危害を加えないのは、暗殺者としての最後の矜持《きょうじ》だ。

それに生かしておけば余計な騒ぎが起きない。今はまだ、私の本心を悟られてはならないから。

私は軽く溜め息をついて金貨袋を懐にしまう。

「標的が標的ですし、それほど難しくはありませんでしたよ。ただやはり憂鬱な気分になりましたので、赤子を殺めるのはこれっきりにしたいですね」

「そうだろうな……それがいい」

男はそう言い、私に背を向ける。

「このことはお互いに忘れよう。俺はあんたを知らないし、あんたも俺を知らない。じゃあな」

うつむき加減の男が雑踏に消えるのを見届けてから、私は別方向に歩き出す。

赤子を守る騎士として最初の仕事がある。

それは暗殺者としての最後の仕事でもあった。

＊　＊

正統帝国の先代皇帝・フォルド二世は、離宮の大浴場でくつろいでいた。

広々とした浴槽を独占しつつ、濡《ぬ》れた白髪を撫で付ける。昔は金髪だったが、寄る年波には皇帝でさえ抗《あらが》えない。

「やれやれ、これでやっとあやつを抱けるのう……」

「あのような小娘にそこまで執着されずとも、他にいくらでも良い女官はおりましょうに」

老いた侍従が眉をひそめるが、フォルド二世は聞く耳を持たない。

「あれはな、実に具合がいいのだよ。それに声と表情がたまらん」

「はあ……」

同年代の侍従は理解しかねるといった様子で、軽く首を振った。

「何にしましても、閨事《ねやごと》はもう少しお控えくださいませ。心の臓が弱っておられることは、典医たちが繰り返し忠告申し上げているはずです」

「なに、ジギタリスの強心剤があるから心配には及ばぬ。あれは良く効くぞ」

「薬も過ぎれば毒でございます。用量はお守りください」

「わかっておる。あれは量を誤ると死に至るからな。もし赤子が『誤って』飲めば、ひとたまりもあるまい。気の毒にのう」

自分で刺客に渡しておいて気の毒も何もないものだが、フォルド二世は大きな浴槽で大きく伸びをした。

「それであやつはまだ戻らぬのか？」

「例の荘園で喪に服しているようです。赤子を失った母親が心の傷を癒《い》やすには、もうしばらくかかりましょう」

「そういうものか。では当面の夜伽《よとぎ》はどうするのだ？　さすがに私も今回は懲りた。そこらの女官を捕まえてまた同じ轍《てつ》を踏む気はない」

「面倒事にならぬよう、適任を御用意しております。お入りなさい」

侍従の声に、黒髪の美女が近づいてきた。薄いチュニックを着ているが、湿気で濡れて肌が透けて見える。チュニックの下は何も着ていないようだ。

侍従がわざとらしく咳払《せきばら》いをする。

「新参の侍女ですが、御覧の通り丸腰ですので御安心ください。何をすべきかも承知しておりますので、何なりとお申し付けを」

フォルド二世は美女をじろじろと舐《な》めるように見つめ、それからうなずく。

「うむ……金髪の方が良かったが、黒髪も悪くはないな。東方流民の末裔というのも一興か。よかろう、お前は下がれ」

「では」

侍従が一礼し、静かに引き下がる。

湯気の漂う大浴場に、フォルド二世と侍女は二人きりになる。

フォルド二世は浴槽の中から侍女を手招きした。

「こっちに来い」

「かしこまりました」

侍女は一礼し、コップと水差しを持って浴槽に入ってくる。

フォルド二世は首を傾げた。

「なんだ？」

「湯殿では知らず知らずに汗をかくものでございます。まずはハーブ水を差し上げるようにと」

「また典医の差し金か」

フォルド二世は渋い顔をしてコップを受け取ったが、口に運ぶ寸前で侍女に突き返した。

「毒味をせよ」

「はい」

侍女は意味ありげに微笑みながら、白い喉や鎖骨を見せびらかすようにコップの水を一口飲んでみせた。喉を伝って雫《しずく》が滴り落ち、チュニックを濡らして艶《なまめ》かしい肌色を浮かび上がらせる。

「ふむ……よかろう」

フォルド二世の口許《くちもと》に好色な笑みが浮かぶ。彼は改めてコップを受け取り、冷たい水を飲んだ。何種類かのハーブだけでなく砂糖も混ぜているようで、口当たりが良い。

ちょうど喉が乾いていることもあって、彼はコップの中身を飲み干す。

「これは美味《うま》いな。さて、次は……」

「その前に水差しを置いて参りますので、少々お待ちくださいませ」

「いちいち小生意気な」

フォルド二世は渋い顔をしたが、濡れて透けた柔肌を見て言葉を飲み込んだ。

「早く戻って参れよ」

「かしこまりました」

侍女が柱の陰に消える。

「やれやれ、あの女ならこういうとき……」

そう言いかけたとき、フォルド二世は胸を押さえた。

「ううっ⁉」

浴槽の縁に手を付き、苦しげに呻《うめ》く。呼吸が荒い。胸の奥が刺すように痛む。

意識が薄れ、老人は膝をついた。四肢から力が抜ける。

「はあっ……はあっ……だっ、誰かおらぬか！」

大浴場は広い上、完全に人払いしているので誰も来ない。さっきの侍女くらいしかいないだろう。

「お、おい……」

侍女を呼ぼうとして、名前すら知らないことに気づいた。体以外に興味がなかったからだ。

「おお……うっ……うぉあ……」

姿勢を維持できなくなり、浴槽に倒れ込むフォルド二世。

どぼんと水音が立つが、やはり誰も来ない。彼がここで行う密《ひそ》かな行為では、これ以上の音が日常茶飯事だからだ。

「がぼっ……ぶはぁ……」

虚空に腕を伸ばし、水底に沈んでいく老人。

「お呼びでしょうか？」

黒髪の美女が静かに現れる。チュニックを脱いで全裸になっていたが、それを見る者はいない。フォルド二世は既に意識を失い、湯の底に沈んでいる。

ぶくぶくと水面に浮かぶ泡を見つめながら、黒髪の美女はつぶやく。

「お預かりしたジギタリスの強心剤、確かにお返ししましたよ。夾竹桃《きょうちくとう》の葉も浮かべておきましたが、常用しているあなたには強すぎたようですね」

夾竹桃もジギタリスと同じ強心作用のある成分を含むが、あまりにも強すぎるせいで正統帝国ではあまり一般的ではない。畜産家たちは「牛殺しの樹《き》」として恐れている。

やがて泡が途絶え、老人はうつ伏せのまま湯船を漂い始めた。

黒髪の美女はそれを見届けると、湯煙の中に消えた。

それから数日後、先帝フォルド二世の死去が公表された。

彼は高齢のために心臓が弱っており、強心剤も常用していたが発作で亡くなったと伝えられている。

事情通によると、漁色家の彼は浴場での情交中に発作を起こしたのだという。

なお、新参の侍女が行方不明《ゆくえふめい》になったことは伝えられていない。

＊　＊

「ミナカ、今度の新人は面白いぞ」

フィリア大隊長がそんなことを言うので、私は苦笑する。

「そう言えば私の中隊に入れられると思っているのでしょう」

「人事権は私にあるからな。お前が乗り気じゃなくても、入れようと思えば入れられるんだぞ」

長い金髪を揺らしてフィリア大隊長が笑うので、私も笑う。

「では本当に面白い子なんですね？」

「ああ。普通の大隊ではもて余すだろうが、うちみたいな大隊には適任だ。しっかり育てて戦力にしたい。だが第一中隊だと渉外任務でやらかすだろうし、第二中隊だとうまくやっていけないだろう。第三中隊で面倒を見てほしい」

この人に頼まれると断れない。

「そういうタイプの子なんですね。だったら、お乳を吸わせてくれたら考えてもいいですよ？」

「もう出ないぞ、母性に飢えた変態め」

フィリア大隊長に頭を撫でられた。最近は母親というよりは姉のような感じだが、何にせよ心が安らぐ。

彼女はさらに言う。

「お前のとこのフォンクト中尉も新人を気に入ったようだ。新人の方も懐いている」

「あら、青春ですね。フォンクト中尉が見込んだ新人なら私も興味があります」

「なんだよ、私の人物眼は信用しないのか？」

「そういう訳ではありませんが」

我が子を殺しに来た暗殺者を手懐《てなず》けて、逆に依頼主を暗殺させたほどの女傑だ。その人物眼なら信じるしかないだろう。

「わかりました。第三中隊で預かりましょう」

「お、そいつは助かる」

「その子の名前は？」

するとフィリア大隊長は微笑みながら答えた。

「リーシャ・クリミネ少尉だ。よろしく頼むぞ」

番外編Ⅱ

「ではあなたを、『リーシャ・クリミネ』として少尉に任官いたします」

士官学校の副校長が、私に少尉の階級章を授与してくれた。

ありがたく受け取りつつ、私は質問する。

「士官学校の卒業式って明日ですよね？」

とたんに副校長が渋い顔になった。

「ええまあ……しかしあなたは女子ですからね」

「今日卒業してしまったら、明日の卒業式には出席できませんか？」

「既に卒業した人はもう卒業できませんからねえ」

副校長の態度からは「話は終わりださっさと帰れ」という雰囲気がドバドバにじみ出ていた。もう少し本音の栓を絞った方がいいと思うなあ。

明日の卒業式には校長も出席する。校長は名誉職で、こういうときにしか来ない。でもすごく偉い人らしい。

私が貰った卒業証書は副校長の署名で、どう見ても格差をつけられている。

いやまあこれも正規の卒業証書ではあるけれども、なんか紙もペラペラのような……。

法的な効力は同じはずだけど、これは他人に見せるのが辛い感じだなあ。

さすがに嫌みの一つも言いたくなっちゃうね。

「要するに私を卒業式に出席させないために、先に卒業させてしまうってことですよね？」

すると副校長は澄ました顔でこう答える。

「いえいえ、あなたが大変優秀なので卒業が早まっただけのことですよ。我が帝国の栄えある陸軍将校として、一日も早く任務に精励していただきたいのです」

「うまいこと言うなあ」

うまいこと言うなあ。

思ってたことそのまま言っちゃった。本音の栓が全開なのは私の方だったようです。

副校長は溜《た》め息《いき》をつく。

「確かに生徒や教官の中には、女性士官の存在を快く思わない者もいます。女性士官は戦場に立ちませんから、仲間だと思っていないのですよ。もちろん私は違いますがね」

「帝国って今はどことも戦争してないじゃないですか」

「それでも一朝事あらば戦場に赴き、帝国軍人として戦わねばなりません。あなたが赴任するのは近衛《このえ》連隊の後方任務を担う大隊ですから、同列には扱えませんよ」

そう言って副校長はコホンと咳払《せきばら》いをした。

「副校長として言わせていただくと、あなたはもう少し発言に気をつけた方がよろしいかと。これから勤めるのは軍隊です」

「知ってます」

「だからそういうところをです」

「はい」

だんだん面倒臭くなってきたので、笑顔で敬礼しておく。

「リーシャ・クリミネ少尉、本校を卒業いたします。ありがとうございました」

「ええ、あなたに武運のあらんことを」

副校長は疲れたような顔をしつつも、それでも士官学校お決まりの送別の辞は言ってくれた。

結局ここも、私を受け入れてはくれなかったな。

私は三年間学んだ士官学校を後にして、帝都へと旅立った。

どうせ次もまた、私を受け入れてはくれない。

＊　＊

そして任官初日。

官舎で黒い軍服に袖を通した私は、近衛連隊本部に出頭していた。私が配属されるのは、近衛連隊の儀礼大隊のどっかの中隊らしい。

聞いた話では閑職らしいけど、あれかな？　儀杖兵《ぎじょうへい》みたいなのかな？

そんなことをぼんやり考えながら連隊本部を歩いてみたけど、儀礼大隊の場所がわからない。こんなことなら入り口の歩哨さんに聞けばよかった。

「おいお前」

声をかけられたので振り向くと、白い軍服の中尉が私を見ていた。二人いる。

「儀礼大隊の将校がこんなところで何をしている」

「あっ、ええと、小官は儀礼大隊本部を探しているところです」

一応きちんと敬礼し、言葉遣いも気をつける。階級が一つ違うだけで上下関係が決まるから、ここは気をつけておかないと。

でも白い軍服の中尉たちは私をニヤニヤ笑いで見下ろしている。イヤな感じだ。

「あのお飾り大隊、またこんなちんちくりんの小娘を仕入れてきたのか」

「あそこは大隊長が女だからな。花壇の花でも摘んで茶会でもするんだろうよ」

へえ、大隊長が女の人なんだ……。そういや辞令ちゃんと見てなかった。ちょっと興味が出てきた。

「そうなんですね」

私がうなずくと、白い軍服の中尉たちは顔を見合わせる。

「なんだこいつ」

「頭のネジが緩んでるようだな」

めいっぱい締めててもこんな感じなんだけどなあ。

でも階級が上だから、とりあえず逆らわずにニコニコしておく。笑顔は身を守る盾だ。

なんかあったらとりあえず笑っておけって、実家のお姉ちゃんが言ってた。

でもこの人たちには、笑顔は通じなかったようだ。

「軍人がヘラヘラ笑うな」

「女風情が生意気だぞ」

階級が上なので逆らうことは許されない。私は敬礼し、真顔で返す。

「失礼しました」

「なんだその態度は！」

真顔で敬礼したよ⁉　これダメなの⁉

将校たちが大声を出したので、その辺を歩いていた下士官や将校が足を止めて振り向いた。少しずつ人が増えてきた気がする。

ええー……これどうしたらいいの？

そう。昔っからこれだ。実家にいた頃は大丈夫だったけど、外で生活するようになったらトラブルに巻き込まれまくってる。

もしかして私、家族や使用人たちからもこんな風に見られていたとか……？

いやいや、それよりも今は目の前のめんどくさい中尉たちをどうにかしないと。でも私、まだ少尉だからなあ。この人たちより軍人に向いてる気はするから、そのうち階級追い越すとは思うんだけど。

白い制服の将校二人はますます不機嫌そうになり、とうとう私の襟をつかんだ。

「このアマ、態度の端々から舐《な》めた態度が透けて見えてるんだよ！」

「誤解です。放してください」

「そういうところだって言ってんだろうが！」

あ、これ殴られるかも……。

そう思ったとき、背後から毅然《きぜん》とした声がした。

「連隊本部の廊下で女性将校を恫喝《どうかつ》するのは、軍人として称賛される行為かな？」

襟をつかまれているので背後がよく見えないけど、背後の声が少し柔らかい調子になる。

「それはそれとして、うちの新人が失礼したようで申し訳ない。これから大隊の方でしっかり教育するから、初日は勘弁してやってくれないか？」

すると白い制服の将校たちは顔を見合わせ、手を放した。

「配属初日の新米相手に怒鳴るのも大人げないか」

「そうだな。おい殺し屋大隊、ちゃんとしつけとけよ？」

「悪いな、そうする」

スッと手が伸びてきて、私はさりげなく後ろに引っ張られた。たくましい背中で守られる。私と同じ、黒い軍服だ。

そして次の瞬間、大声で怒鳴られた。

「上官に対する不敬は処罰対象だと習っているはずだ！　貴様、このまま士官学校に送り返されたいのか！」

その瞬間、私は反射的に背筋を伸ばした。

怖かったからじゃない。

なんか……ゾクッとしちゃったから。自分でもびっくりするくらい興奮している。もっと怒鳴られたい。ていうかこれ、濡《ぬ》れてる？　いや、どことは言わないけれども。

私を冷たい目で見下ろしているのは、背の高い若い男性将校。この人も中尉だ。

顔立ちは整っているけど、それ以上に表情や声に甘い優しさがあって、それで叱られるとなんかこう……ムズムズしてくるものがある。

「申し訳ありません、中尉殿！」

私が直立不動で敬礼したことで、白い制服の将校たちは溜飲《りゅういん》を下げたらしい。

「そうそう、新米はそれくらい素直じゃなくちゃな」

「頼むぜ儀礼大隊さん、俺たち近衛の顔に泥を塗らないでくれよ」

言いたい放題言った後、白い制服の将校たちは機嫌良さそうに立ち去っていった。

目の前の黒い軍服の中尉は険しい顔でそれを見送っていたが、人だかりがなくなると溜め息をついた。

「やれやれ、なんとか切り抜けたか……。えーと、クリミネ少尉だな？」

「はい、中尉殿」

「俺は儀礼大隊第三中隊のフォンクトだ。別に貴官を迎えに行けと言われた訳ではないが、間抜けな新米が近衛連隊本部の方によく行ってしまうので様子を見に来たんだ」

間抜けな新米って……。

私が露骨に不満そうな顔になったのか、フォンクト中尉は苦笑する。

「悪い悪い、そう拗《す》ねるな。行こう、クリミネ少尉」

「はい、中尉殿」

もう、この中尉殿は……。

あれ？　でも私、この人に助けられたんだよね？　拗ねるどころか、お礼を言わないといけないんじゃない？

もしかして私が気まずくならないように、わざと？

しかも誰にも命令されてないのに来てくれた？

えぇー……この人、めちゃくちゃ優しい……。

＊　＊

私はフォンクト中尉に連れられて、近衛連隊本部の建物を出る。それから少し離れた場所にある、一回り小さい建物に案内された。

「儀礼大隊は書類上は近衛連隊の下に置かれているが、独立した任務が多いので建物も独立している。連隊本部に行くことはほとんどないから覚えておくように。うっかり行くとさっきみたいになる」

「はい、中尉殿」

私は尊敬と信頼の眼差《まなざ》しで中尉殿をじっと見つめたけど、なぜかフォンクト中尉殿は小さく溜め息をついた。

「配属初日に見知らぬ男に襟をつかまれたら、誰だって怖いよな」

「はい？」

「いや、貴官の表情が固いので少し心配しているだけだ。儀礼科の将校は地位が低くてな、今後もこういうことは続くぞ。慣れてくれ」

私の心配をしてくれてたんだ。やっぱり優しい……。

あと他にも何か言われた気がするけど、ちゃんと聞いてなかった。まあいいや、うなずいておこう。

「はい、中尉殿」

「さっきからそれしか言わないな。大丈夫だ、大隊本部には味方しかいないぞ」

苦笑した中尉殿からは、なんだか無性に甘えたくなる雰囲気が漂っている。私に兄がいたら、もしかしたらこんな感じだったのかもしれない。

あ、でも兄だと結婚できないから、先輩後輩の関係の方がいい。よしよし。

歩きながらフォンクト中尉殿が話しかけてくれる。

「貴官は儀礼大隊が何をするところかは知っているな？」

「はい。処刑執行専門の部隊だと」

「そうだ」

偉いぞよく言えたなと言わんばかりの笑顔で、フォンクト中尉殿が続ける。

「平民の処刑はどう執行しても問題ないが、貴族や聖職者を処刑するとなると相応の格式が必要だ。身分の高い連中には面子があるし、背負っているものも大きい。平民同様に処刑されたのでは、家名に傷がつく」

「死んだ後のことまで気にしている、ということですか」

私が呆《あき》れて言うと、中尉殿は軽くうなずいた。

「愚かしいと思うだろうが、人の上に立つ連中がそこを気にしないのは逆に問題があるからな。いずれにせよ、あれこれと我儘《わがまま》を言ってくる訳だ。例えば『執行の立ち会い将校は女性がいい』とかな」

「うわぁ」

粛々と死んでほしい。

でも中尉殿は首を横に振る。

「貴官は今、囚人が男性だと思っただろう？　だが実際には女性が処刑されることもある。俺みたいな厳《いか》めしい男がいたのでは、最期の瞬間を落ち着いて迎えられないかもしれない」

「ああ、なるほど」

それならわかる。すごくわかる。

中尉殿はふと、遠い目をした。

「俺は最初の任務で老貴婦人の処刑を執行した。旦那がやらかしてな。連座というヤツだ。

うちの大隊長が手を回して子や孫には累が及ばないようにしてくれたんだが、どうしても誰か一人は処刑する必要があった。当の旦那がさっさと自害してたからな」

「それで奥さんが」

「そういうことだ。立派な御婦人だったよ」

立ち止まり、制帽を脱ぐ中尉殿。

「御婦人は毒杯を仰ぐ瞬間も毅然としていたが、俺を見て『ずいぶん怖い顔をしていらっしゃるのね。それじゃ私、安心して逝《い》けないじゃない？』と苦笑されたんだよ」

怖いかな？　ああでも、この人の場合は怖い顔の方がセクシーかも……。

「最期を看取《みと》った後、どうにも気持ちが落ち着かなくてな。未《いま》だに後悔している」

この優しそうな中尉殿がここまで引きずってくれるのなら、その老貴婦人の企《たくら》みはまんまと成功したと言えるだろう。中尉殿の心に永遠に残る傷痕になった訳だし。

きっと、ささやかな意趣返しだったに違いない。いいなあ。

フォンクト中尉殿はしばらく立ち止まったままだったが、やがてゆっくり歩きだした。

私もとことこついていく。

「俺や同僚たちはまだ経験がないが、子供を処刑することもないとは言いきれない。そんなとき、貴官のような優しげな女性将校なら恐怖を和らげてやれるだろう」

「そうでしょうか？」

私は優しげではないと思う。

でも中尉殿は私の疑問を別の意味に解釈したようだ。

「俺がもし子供だったら、どうせ殺されるなら貴官のような美人のお姉さんの方が嬉《うれ》しいな。手を握っていてもらえば、死の恐怖を抑え込めるだろう」

「手、握りましょうか？」

「結構だ。とにかく、貴官のような若い女性将校も重要な人材ということだ。決して余り物を貰ってきた訳じゃない。さっきの近衛中尉たちじゃ貴官の役割を果たせない」

それってつまり、私の方があの人たちよりも役に立つってこと？

うわー、気づいたらなんだかずいぶんいい気分にさせられてる。この中尉殿、人をその気にさせるのが巧《うま》い。

これは気をつけておかないと、心を盗まれてしまいますよ。

「留意します」

「うん。……あ、こういう話は大隊長の仕事だったかもな。先を越してしまったか」

まずいぞ怒られるとかブツブツ言っている横顔まで、なんだか格好よく見えてきた。この中尉殿、私を全然バカにしないし変な目で見たりもしない。

なんか……なんかちょっとだけ、この中尉殿は違う気がする。

他の人と違う。

まあでも、別に私を特別視してくれている訳じゃないこともなんとなくわかった。この人は私のことを何とも思っていない。他の人にもこんな感じなんだろう。

それがちょっと悔しいので、私は中尉殿をじっと見つめる。

「なんだ？」

「いえ、なんでもありません」

どこかに隙はないかとじろじろ見ていたら、フォンクト中尉殿は溜め息をついた。

「そう睨《にら》むな」

「睨んではおりません」

「どうだか……」

中殿殿はまた溜め息をつき、それからドアの前で立ち止まった。

「ここが大隊長室だ」

それから中尉殿はドアをノックする。

「誰だ？」

女性の声に、中尉殿はきびきびと答えた。

「フォンクト中尉であります。クリミネ少尉を連れてきました」

「おっ、そうか。助かる。入れ」

楽しげな声。いい人そうだ。

中尉殿は私を見て、にこっと笑ってくれた。

「ほら、行って挨拶してこい」

「はい、中尉殿。ありがとうございます」

「うん、よろしくな」

ドアを開き、薄暗い廊下から光溢《あふ》れる室内へと踏み出す。

もしかすると、ここが私の居場所になるかもしれない。

そんな期待と不安と、微《かす》かな確信を抱きながら。

あとがき

漂月《ひょうげつ》です。異世界転生する小説ばかり書いている人です。

現代人が十八世紀くらいの異世界に転生するのは、かなりの苦痛を伴うのではないかと思います。まずエアコンがありませんし、インターネットも電車も抗菌薬もありません。そういえば人権もないです。

そうなると少しでもマシな生活がしたくなるはずですが、苦労して公務員（陸軍将校）になってみたら国家滅亡の瀬戸際だった……というのが本作の主人公です。

漂月作品でこれだけ不幸な人も珍しいんじゃないでしょうか。何の特殊能力もありませんし。

これではさすがに気の毒なので、今回は美女だらけの職場を御用意しました。ただ本人は全然喜んでないようですので、代わりに読者の方々に喜んで頂けたら嬉《うれ》しいです。書いてる私も嬉しかったです。

なお、本作の刊行に際してはイラストレーターの鍋島テツヒロ様と担当編集の佐々木様に大変お世話になりました。この場を借りて深くお礼を申し上げます。

それでは次は二巻でお会いしましょう。

処《しょ》刑《けい》大《だい》隊《たい》は死《し》なせない
～帝《てい》国《こく》が崩《ほう》壊《かい》しても俺《おれ》たちは生《い》き残《のこ》りたい～

2024年12月30日　初版発行

著　漂月《ひょうげつ》
イラスト　鍋島《なべしま》テツヒロ
発行者　山下直久
発行　株式会社KADOKAWA
〒102-8177 東京都千代田区富士見2-13-3
電話 0570-002-301(ナビダイヤル)

編集企画　ファミ通文庫編集部
デザイン　AFTERGLOW
写植・製版　株式会社オノ・エーワン
印刷　TOPPANクロレ株式会社
製本　TOPPANクロレ株式会社

●お問い合わせ
https://www.kadokawa.co.jp/(「お問い合わせ」へお進みください)
※内容によっては、お答えできない場合があります。
※サポートは日本国内のみとさせていただきます。
※Japanese text only

 ISBN978-4-04-738189-6 C0093　　定価はカバーに表示してあります。